Mariée à Julian Santigo

NINA SINGH

# Mariée à Julian Santigo

*Traduction française de*
ANNE DAUTUN

AZUR

HARLEQUIN

*Collection :* Azur

*Titre original :*
SPANISH TYCOON'S CONVENIENT BRIDE



**HARPERCOLLINS FRANCE**
83-85, boulevard Vincent-Auriol, 75646 PARIS CEDEX 13
Service Lectrices — Tél. : 01 45 82 47 47 - www.harlequin.fr
ISBN 978-2-2804-7155-8 — ISSN 0993-4448

Composé et édité par HarperCollins France.
Imprimé en février 2022 par CPI Black Print (Barcelone)
en utilisant 100% d'électricité renouvelable.
Dépôt légal : mars 2022.

FSC
www.fsc.org
MIXTE
Papier issu de sources responsables
FSC® C159065

Pour limiter l'empreinte environnementale de ses livres, HarperCollins France s'engage à n'utiliser que du papier fabriqué à partir de bois provenant de forêts gérées durablement et de manière responsable.

# 1.

Cassandra Wells se retint de regarder la photo où, assise sur les genoux de Carlos, elle souriait comme lui face à l'objectif. Ce cliché n'était aujourd'hui qu'une réminiscence du malheur. Elle ne gagnait rien à se torturer en le contemplant chaque jour !

Lorsque Carlos avait enfin pris son appel téléphonique après trois semaines de silence, il avait eu la réaction redoutée. L'écho de ses paroles résonnait encore dans son esprit : « Pas prêt… Pris au dépourvu… Un jour peut-être… Pardon… »

Cassandra, allongée sur son lit, laissa dériver son regard vers le plafond. Elle n'était pas près de pardonner à Carlos ! Finirait-elle même par lui pardonner un jour ? Il faudrait pourtant qu'elle y parvienne. Car elle aurait bientôt un lien indissoluble avec Carlos Alhambra. L'homme qui l'avait courtisée, séduite, puis plaquée en ne lui laissant pour tout viatique que des mots creux, alors qu'elle attendait un enfant de lui…

Elle ferait bien de brûler cette stupide photo. Cela la délivrerait du besoin pressant de la regarder encore et encore dans l'espoir de comprendre comment elle avait pu se méprendre sur l'homme dont elle était tombée éperdument amoureuse en quelques jours.

Une voix intérieure, persistante, lui souffla qu'elle avait surtout été éprise de l'idée d'être amoureuse. Et à quoi cela l'avait-il menée ? Elle était enceinte, et seule. Une situation difficile qu'elle s'était juré de ne jamais vivre, étant donné l'enfance qu'elle avait vécue.

Cassie soupira, et attendit que son estomac encore vide ait cessé de grogner. Puis elle se leva pour préparer son petit déjeuner et faire sa toilette. Encore une journée harassante en perspective. Ces temps-ci, elle semblait être en permanence épuisée et au bord des larmes. Elle sentait que c'était d'origine hormonale, mais elle n'en était pas pour autant capable de surmonter son tourment émotionnel. Elle s'était toujours considérée comme une solitaire. Mais c'était la première fois qu'elle se sentait aussi seule.

D'un geste instinctif, elle posa la main sur son ventre, avec tendresse. Au sens strict, elle n'était pas seule ! Et à ses yeux, cet enfant à venir était un cadeau. Contrairement à elle, ce bébé ne souffrirait jamais de se sentir non désiré. Cassie aurait seulement aimé avoir quelqu'un avec qui partager ce cadeau.

Elle aurait aussi aimé savoir mieux juger les caractères. Comment avait-elle pu se montrer aussi naïve ? Elle s'était étourdiment lancée dans une relation avec un don Juan jet-setteur sans songer aux éventuelles conséquences. Quand elle avait découvert sa grossesse, il lui avait fallu des jours pour réussir à le joindre. Pour se retrouver rejetée par lui, ainsi que le bébé, une fois qu'il avait enfin répondu à son appel.

Les larmes lui montèrent aux yeux, et elle lutta pour les refouler. Elle n'allait pas se complaire dans l'auto-apitoiement, se stresser et compromettre sa santé et celle du bébé. Elle pouvait se débrouiller seule ! C'était ce qu'elle avait toujours fait, après tout. Pour ses études au lycée, puis à l'université, en se spécialisant dans l'hôtellerie. Et elle avait réussi à trouver à Boston, une ville cotée, un travail excitant et gratifiant. De plus en plus éprouvant aussi, mais c'était une autre histoire.

Oui, elle pouvait s'en tirer ! La première étape était

d'oublier Carlos Alhambra. De le rayer de sa mémoire. D'un pas résolu, elle gagna la commode où elle avait remisé la satanée photographie après l'avoir contemplée pour la énième fois. Eh bien, ce serait la dernière ! Sans y réfléchir à deux fois, elle la déchira en deux. Puis encore en deux, jusqu'à réduire en confettis les visages souriants du cliché.

Ça faisait du bien, mais ce n'était pas suffisant. Même réduit en morceaux, le sourire en coin, encore adolescent, de Carlos demeurait visible. Tout comme l'air confiant qu'elle avait sur la photo. Et Cassie désirait croire à toute force que rien de tout cela n'avait existé. Que *Carlos* n'avait jamais existé. Elle voulait que le passé soit réduit en cendres. Littéralement. Gagnant l'évier, elle y jeta les bouts de papier, puis attrapa la boîte d'allumettes qu'elle gardait dans un placard au-dessus des fourneaux et y mit le feu. Lorsque de petites flammes s'élevèrent, elle ressentit enfin quelque satisfaction. Son amie Zara, adepte d'un culte inspiré des anciennes religions païennes, lui avait souvent vanté les pouvoirs du feu et les vertus des anciens rituels. Cassie n'y avait guère cru jusque-là. Eh bien, Zara avait raison : il y avait quelque chose de libérateur dans ce petit autodafé. Et l'odeur de la fumée qui se répandait dans l'air semblait participer de son pouvoir purificateur.

Cassie regarda les flammes se dilater, le papier se tordre et brunir. Une fois qu'il fut presque entièrement consumé, elle fit couler l'eau du robinet. Pour la première fois depuis des semaines, elle éprouvait un semblant de paix.

Il fut de courte durée. À l'improviste, un coup à la porte d'entrée la fit tressaillir. Qui pouvait venir la voir à une heure pareille ? Et pourquoi le portier ne l'avait-il pas alertée ?

Elle s'essuya à la hâte les mains avec un torchon qu'elle jeta sur l'évier, puis elle alla ouvrir au visiteur inattendu. Elle n'avait jamais aimé les surprises.

Julian Santigo avait mis deux heures à se dégager des embouteillages et à trouver le bon immeuble. Il se gara dans le parking en refoulant sa frustration. Pas facile ! Vu son emploi du temps surchargé, et l'importance des négociations qui lui occupaient l'esprit au cours de ce déplacement à l'étranger, il n'avait ni le temps ni la patience de se lancer dans une quête futile pour le compte de celui qu'il appelait « cousin ».

Parfois, Julian se demandait pourquoi sa mère et lui passaient tout à Carlos, qu'il considérait comme un membre de la famille plutôt que comme un ami d'enfance. Même les deux frères plus jeunes de Julian avaient eu tendance à gâter celui qui était au fond leur frère adoptif. Le malheur de Carlos, devenu orphelin très jeune, avait pesé sur la famille Santigo, que la mère de Julian avait recueilli et élevé comme s'il était de son sang.

Julian avait suivi son exemple. D'où sa présence aujourd'hui dans le tout récent Seaport District de Boston, après avoir louvoyé dans les files de voitures et emprunté une voie encore en construction. Chaque fois qu'il se rendait à Boston, de nouveaux chantiers venaient compliquer la circulation déjà difficile sur les routes engorgées !

Il gara sa Mercedes de location, et en descendit, muni de l'enveloppe qu'il était chargé de transmettre au nom de Carlos. Autant régler ça au plus vite, quoi que ce fût. Carlos n'avait guère fourni d'explications. Il avait seulement insisté pour que l'enveloppe soit remise en mains propres par Julian, puisqu'il se rendait à Boston. Il voulait s'assurer que la lettre serait acceptée par sa destinataire et il souhaitait connaître sa réaction. Julian avait été trop préoccupé pour s'inquiéter des détails – Carlos avait surgi dans son bureau au beau milieu d'une réunion internationale d'importance pour présenter sa requête. Ou plutôt, *ses exigences*. Et Julian se demandait à présent s'il n'aurait pas été plus avisé de demander des précisions à Carlos. Il se trouvait, de toute évidence, devant un immeuble résidentiel, donc il ne devait pas s'agir d'une transaction d'affaires. D'ailleurs, Carlos n'était pas précisément un homme d'affaires. Il était trop occupé à s'amuser aux quatre coins du globe !

En soupirant, Julian se dirigea vers l'immeuble à l'instant où s'en approchait une blonde aux formes voluptueuses vêtue d'une robe portefeuille et perchée sur des escarpins. Elle l'enveloppa d'un regard ouvertement approbateur.

— Vous venez d'emménager ? demanda-t-elle alors qu'ils gagnaient l'entrée de concert.

— Non, je suis juste venu voir quelqu'un.

La femme fit glisser une carte magnétique dans le dispositif d'ouverture, qui se déclencha dans un bourdonnement. Puis elle s'écarta pour lui céder le passage.

— Dommage, dit-elle. Il ne m'aurait pas déplu de vous avoir pour voisin… monsieur le beau ténébreux.

Julian était habitué à ce genre d'invite. Beaucoup d'Américaines semblaient avoir un faible pour les hommes bruns aux yeux noirs et au teint mat. Bien qu'un peu agacé, il opta pour un sourire poli et garda le silence tandis qu'ils empruntaient l'ascenseur.

— Quatre cent dix-sept, reprit la blonde.

— Pardon ?

— C'est le numéro de mon appartement. Pour le cas où vous seriez disponible après votre visite. Je suis libre tout l'après-midi.

Elle avait souligné les derniers mots, et Julian ne manqua pas de le remarquer.

— Peut-être une prochaine fois, dit-il.

Cette femme était séduisante, et il y avait un moment qu'il ne s'était pas octroyé un après-midi de plaisir en compagnie d'une belle inconnue.

Son interlocutrice haussa les épaules alors que les portes

de l'ascenseur s'ouvraient, et elle sortit après l'avoir gratifié d'un sourire enjôleur. Julian la regarda s'éloigner d'une démarche ondoyante très suggestive et mémorisa le numéro de l'appartement, au cas où…

Trois étages plus haut, il sortit à son tour de l'ascenseur en tapotant la poche intérieure de sa veste. Plus vite il aurait remis le mystérieux document, plus vite il pourrait retourner à ses affaires. Il longea le couloir, trouva la porte et frappa. Il n'y avait personne dans l'appartement, semblait-il. Tant mieux ! Il pouvait se contenter de glisser la missive sous la porte et partir. Hélas, alors qu'il s'apprêtait à le faire, le battant s'entrouvrit. Des yeux couleur chocolat le scrutèrent à travers l'ouverture. Puis cillèrent, comme sous l'effet de la surprise.

— Oui ?

Soudain, Julian se sentit mal à l'aise. Il n'avait pas envisagé la situation, ce qui ne lui ressemblait pas. Qu'était-il censé faire ici, exactement ? Remettre l'enveloppe puis tourner les talons ?

— Euh… J'ai quelque chose pour Mlle Cassandra Wells. Des documents.

— Quel genre de documents ? Qui êtes-vous ?

De nouveau, il se sentit stupide. Il avait été trop préoccupé par ses affaires pour réfléchir à cette démarche.

— Je ne sais pas très bien. Ils viennent de mon cous…

Il n'eut pas le loisir d'achever sa phrase. Une alarme stridente retentit. Une odeur âcre parvint à ses narines tandis qu'un nuage de fumée se faufilait par la porte entrouverte.

— Oh ! bon sang ! s'écria la femme, disparaissant derrière le battant.

Julian laissa échapper un juron en espagnol, poussa la porte et se précipita dans l'appartement.

Cassie avait pourtant cru noyer sous l'eau les restes incandescents de la photo ! Elle courut dans la cuisine, oubliant l'inconnu sur son seuil. S'il n'avait pas frappé à sa porte, elle n'aurait jamais lâché le torchon sur le bord de l'évier, où il avait apparemment pris feu et gagné un objet en bois tombé au sol. Il fallait éteindre l'incendie naissant, mais elle restait immobile, incapable de bouger.

Soudain, des mains fermes la saisirent par les épaules et la soulevèrent à demi pour la mettre à l'écart. C'était le visiteur. Il allongea le bras au-dessus du feu pour ouvrir le robinet. Sous le jet, les flammes s'éteignirent avec un sifflement. Puis l'homme piétina celles qui avaient gagné le parquet au contact du pot et des lambeaux de torchon enflammés, jusqu'à les éteindre toutes.

— *Dios mío !* Avez-vous un extincteur ?

Cassie secoua la tête. Cette voix pleine d'autorité, et l'urgence de la situation, eurent enfin raison de sa stupeur. Elle se précipita dans le cellier, et y attrapa l'extincteur qu'elle rangeait sur l'étagère du haut. Elle était à peine revenue auprès de l'inconnu qu'il lui arrachait l'appareil des mains et, quelques secondes plus tard, en braquait le robinet sur l'évier, qui s'emplit d'une mousse blanche. Il fit de même sur le sol. Enfin, tout était complètement éteint.

Pendant ce temps, l'alarme n'avait cessé de retentir, un bruit aigu, lancinant, qui transperçait les oreilles.

Cassie contempla les dégâts. Un mince filet de fumée s'élevait en spirale dans l'air. Elle avait les yeux qui picotaient, l'estomac retourné. Elle n'avait vraiment pas besoin de ça en ce moment !

Qui était l'inconnu qui se trouvait à présent dans sa cuisine ? se demanda-t-elle soudain. Pendant un fol instant, lorsqu'elle l'avait vu à travers le judas, elle avait cru que Carlos était sur son seuil. Les deux hommes avaient beaucoup de traits en commun, et le même timbre de voix. Mais elle avait vite compris qu'il ne s'agissait pas de son ex-amant. Le nouveau venu dégageait une impression de dureté, quelque chose d'austère qu'elle avait du mal à caractériser.

Elle s'était toujours considérée comme une femme énergique, une battante. Mais quelques secondes plus tôt, elle s'était trouvée tout à fait prise au dépourvu dans une situation d'urgence, et son manque de réactivité face au danger l'avait inquiétée.

L'inconnu, le souffle lourd, tenait encore l'extincteur lorsqu'il se tourna vers elle. Elle allait le remercier, mais il lui cria par-dessus l'alarme persistante :

— Êtes-vous toujours aussi négligente, *señorita* ?

Vingt minutes plus tard, Cassie raccompagnait dans le couloir le responsable de la maintenance de l'immeuble. Il supposait que les gicleurs automatiques ne s'étaient pas déclenchés parce que le feu avait été vite contenu, mais il reviendrait s'assurer qu'ils étaient en parfait état de marche. Il la taquina un peu sur ses talents défaillants de cuisinière, mais se réjouit qu'elle s'en soit tirée sans mal.

Dans le séjour, Julian était assis à l'attendre. Cassie avait appris son nom lorsqu'il s'était présenté à l'équipe d'entretien, accourue à l'appartement. Appuyé contre les coussins, il ne semblait pas du tout à sa place sur son canapé à motifs floraux. Elle eut une sensation de malaise, comme si elle avait invité dans son univers familier un prédateur dont elle était la proie.

— Je suis heureuse que vous ayez été là pour m'aider. Et je vous en suis très reconnaissante. Mais… qui êtes-vous ? Et pourquoi êtes-vous ici ?

Il l'examina un instant avant de répondre :

— Vous ne me proposez même pas un verre d'eau ?

Contrariée, elle serra les mâchoires. Il avait raison, elle

aurait dû lui offrir quelque chose, pensa-t-elle en se forçant à sourire. Inutile d'être hostile. Il venait de lui porter secours, après tout.

— Si, bien sûr, dit-elle. Un verre d'eau me ferait du bien à moi aussi.

En un instant, elle fut de retour, assise en face de lui, remplissant deux verres avec le pichet d'eau fraîche qu'elle conservait toujours dans le réfrigérateur. Julian accepta celui qu'elle lui tendait et en avala une grande gorgée. Puis il tira une enveloppe de la poche de sa veste et la lui tendit.

— Qu'est-ce que c'est ?

— Des documents qu'on m'a chargé de vous remettre.

— Comment ça, des documents ?

S'agissait-il d'une citation à comparaître ou d'un autre papier officiel ? Pourtant, l'homme qui lui faisait face n'avait pas l'air d'un coursier. Même si sa tenue était un peu en désordre après ce qui venait de se passer, il restait plus que présentable. Ses cheveux bruns à demi ébouriffés encadraient un visage aux traits racés, aux yeux presque noirs. Son costume à peine froissé semblait taillé sur mesure, il lui allait à la perfection. Et son léger accent lui conférait une aura d'intrigue et de mystère. Elle aurait parié qu'il était espagnol, comme Carlos, même si ce dernier avait un accent beaucoup plus marqué…

Dès que cette pensée la traversa, elle comprit de quoi il retournait et le sang lui monta aux joues. Son cœur se mit à battre la chamade. Carlos avait dit qu'il veillerait à ce qu'elle soit « financièrement à l'abri ». Elle l'avait envoyé promener avec des paroles bien senties. Mais il avait dû dédaigner son refus et lui envoyait une sorte de compensation financière !

Julian reprit la parole, confirmant ce qu'elle venait de deviner.

— Je ne sais pas vraiment de quoi il s'agit. Je vous les ai apportés pour rendre service à mon cousin, Carlos.

Elle avait pâli de façon alarmante. Elle se leva si brusquement qu'elle manqua renverser le pichet rempli d'eau. Cette femme était une catastrophe ambulante !

Elle tendit l'enveloppe dans sa direction sans même la regarder.

— Dites à votre cousin que je ne veux rien avoir à faire avec lui !

— Vous ne voulez pas savoir ce que contient cette enveloppe ? s'enquit-il.

Pour sa part, il était plutôt curieux de son contenu, tout à coup.

— Absolument pas. Je ne veux rien de lui. Il en a bien assez fait comme ça !

Elle gagna la porte et l'ouvrit toute grande.

— Maintenant, sans vouloir vous offenser, j'aimerais que vous partiez, s'il vous plaît. J'ai du nettoyage à faire.

Perplexe, Julian se passa la main dans les cheveux. Il savait que son cousin était un homme à femmes et que certaines d'entre elles entraient parfois en fureur après la rupture de leur liaison. Pourtant, cette femme-ci lui semblait différente. Il percevait une souffrance sous la colère épidermique de Cassandra. Son attitude indignée était une carapace qui laissait cependant transparaître sa vulnérabilité. La prochaine fois qu'il verrait Carlos, il aurait deux mots à lui dire en ce qui concernait l'honneur et la décence. Et le respect dû aux femmes.

Il lui semblait évident que son cousin avait fait du mal à Cassandra Wells et qu'elle n'en était pas remise. L'avait-il trompée ? Courtisée puis plaquée sans même y mettre les formes ? Cela n'aurait pas été la première fois que Carlos aurait eu un comportement répréhensible. Essayait-il maintenant de compenser avec le contenu de cette satanée enveloppe ?

Julian ne pouvait pas poser la question sans manquer de tact. Cassandra lui répondrait de se mêler de ses affaires, et elle aurait raison. Il n'avait rien à voir là-dedans. Exception faite de son sentiment de culpabilité par association, qui semblait toujours de mise dès qu'il s'agissait de Carlos. Alors, pourquoi désirait-il si fort réconforter et apaiser cette femme qu'il venait à peine de rencontrer ? Cette femme qui, ayant ouvert la porte toute grande pour l'inviter à partir, tapait du pied pour l'inciter à obtempérer.

Sans mot dire, Julian se leva. Cassandra évitait son regard comme si elle ne supportait pas sa vue. Il savait que cela ne le visait pas personnellement ; pourtant, il en était blessé. Ce qui était le comble du ridicule, au fond.

Gagnant le seuil, il fut à demi tenté de laisser tomber « par accident » l'enveloppe de Carlos. Mais il s'en garderait, puisqu'elle n'en voulait pas. Il respecterait sa volonté, mais il voulait en avoir le cœur net. Que cela lui plaise ou non, il était entraîné dans une situation dont il ne pouvait pas se désintéresser s'il voulait pouvoir continuer à se regarder dans la glace.

Une fois dans la voiture, il sortit son mobile et composa le numéro de Carlos. Il tomba sur la messagerie. Lâchant un juron étouffé, il coupa la communication et composa un SMS.

Appelle-moi dès que possible. Il faut qu'on parle.

La réponse apparut presque aussitôt sur l'écran.

Impossible de parler pour le moment. As-tu pu remettre l'enveloppe ?

Non. Et avant que tu ne demandes pourquoi, j'ai des questions à te poser.

Un moment s'écoula avant que le SMS de Carlos ne s'affiche.

S'il te plaît, réessaye. Voici son adresse professionnelle, si tu ne l'as pas trouvée chez elle.

Ces mots furent suivis d'une seconde adresse à Boston.

Dans sa frustration, Julian lança son téléphone sur le siège passager. Il perdait son temps ! Il n'obtiendrait rien de cette manière. Mieux valait tout laisser tomber. Carlos n'avait qu'à s'y prendre autrement pour atteindre son but.

Mais la résistance farouche et la force tranquille de Cassandra avaient ému Julian. Il se rappela l'expression de souffrance qui avait obscurci son regard chocolat, le pli amer de sa bouche quand elle avait compris la raison de sa venue, et une drôle de sensation l'étreignit. Elle n'était pas le genre habituel de Carlos. Elle semblait beaucoup plus réservée et sérieuse que les femmes trop sophistiquées que fréquentait d'ordinaire son cousin. Éprouvait-elle des sentiments profonds pour Carlos ? La tension qui habitait Julian s'accentua de façon inexplicable. Que s'était-il donc passé entre elle et son cousin ?

En tout cas, Cassandra Wells semblait beaucoup trop bien pour Carlos Alhambra. Si absurde que cela fût, Julian avait déjà décidé qu'il la reverrait avant de quitter Boston. Il tenait à s'assurer qu'elle allait bien. Elle avait failli mettre le feu à son appartement, bon sang ! Il frémit à l'idée de ce qui aurait pu se produire s'il n'était pas arrivé à point nommé.

Le diable soit de ses instincts protecteurs, qui semblaient se manifester aux moments les plus inopportuns ! Ils ne lui avaient pas valu grand-chose de bon, deux ans auparavant. Apparemment, il n'en avait pas tiré la leçon, pensa-t-il en démarrant.

Mais tout de même, il n'était pas capable de tourner le dos à Cassandra Wells. Pas encore.

# 2.

— Vous êtes encore en retard, Cassie.

Cassandra se retourna lentement vers son patron. Elle avait espéré passer inaperçue, même si elle n'avait eu aucune raison de supposer que les choses tourneraient à son avantage. Tout allait de travers pour elle depuis quasiment un mois ! Jamais elle ne regretterait d'attendre ce bébé. Seulement, c'était difficile.

Il lui avait fallu une heure pour nettoyer la cuisine, tremblante sous l'effet du choc et de la fureur. Cet homme s'était présenté chez elle sans même s'annoncer ! Quel culot ! Et pour lui remettre quelque chose de la part de son cousin, en plus. Il ne valait sûrement pas mieux que Carlos. Hérédité oblige, certains traits de caractère communs devaient courir dans leurs veines.

Il l'avait aidée à éteindre un feu dangereux, et alors ? Il s'était montré si condescendant ! Il avait osé lui reprocher sa maladresse. Son manque d'hospitalité. Rien que d'y penser, elle sentait la colère monter en elle.

Et voici qu'à présent elle devait affronter un boss courroucé.

— Bonjour, Martin. Je suis vraiment désolée. Vous n'imaginez pas ce qui m'est arrivé… Un feu a pris dans ma cuisine et…

Elle n'acheva pas sa phrase, car son patron ne semblait pas d'humeur à entendre des excuses.

— Puis-je vous voir dans mon bureau ? coupa-t-il, se

tournant vers la pièce à l'arrière du bar du night-club où Cassie travaillait comme responsable des opérations depuis bientôt deux ans.

Un travail de rêve, en fait. Un travail qu'elle adorait et dont elle avait le plus grand besoin, maintenant qu'elle allait élever un enfant. Sans mot dire, elle suivit Martin, qui lui fit signe de refermer la porte.

— Asseyez-vous, dit-il.

Lui-même resta debout. L'estomac soudain noué, Cassie obtempéra. Martin avait l'air si grave. Et si résolu ! Elle pria pour que ce qu'elle redoutait et allait sûrement se produire n'ait pas lieu. Hélas, elle avait vu juste.

— Je crains de devoir me défaire de vous, dit Martin, allant droit au but.

— Martin, je peux vous expliquer. Vous comprenez, il y a eu un début d'incen…

D'un geste de la main, il balaya l'explication.

— Je suis surpris que vous vouliez continuer ici, Cassie. Dans votre état.

Elle en eut la bouche sèche. Elle s'était pourtant montrée si discrète.

— Mon état ?

— Cela crève les yeux. Vous n'êtes plus vous-même. Depuis un moment.

— Vraiment ?

— Oui. Vous courez aux toilettes chaque fois que vous devez porter un plat.

En fait, cela ne lui était arrivé qu'avec les plats du jour à base de bœuf. De toute évidence, son bébé avait une aversion pour la viande rouge.

— Vous êtes sur les nerfs en permanence, continua Martin. Et contrairement à d'habitude, il est difficile de compter sur vous.

— La loi interdit qu'on licencie une femme parce qu'elle est enceinte, Martin.

— Mais pas pour incompétence, rétorqua-t-il.

*Incompétence !* Cassie s'était démenée comme un beau diable pour ce club depuis qu'on l'avait engagée. Et c'étaient là les remerciements que ça lui valait ?

— Autrement dit, vous n'avez aucune envie de voir une femme enceinte travailler ici.

Elle n'était pas dupe. Martin ne voulait pas d'une femme enceinte. Elle aurait déparé au milieu des « gens bien » qui fréquentaient le Liberty Palace. Toute l'élite de Boston – sportifs de haut niveau, politiciens, hommes de loi influents – y passait les week-ends. Martin se souciait de l'image de son précieux club !

Elle décida de jouer son seul atout.

— Vous aurez des nouvelles de mon avocat ! bluffa-t-elle.

Hélas, il la prit au mot.

— Vous pouvez adopter cette ligne de conduite, bien sûr. Mais une action en justice mettrait en lumière votre parcours professionnel chez nous.

Cela la surprit.

— Mon parcours est exemplaire !

Du moins, il l'avait été avant ces dernières semaines. Affectée par des nausées, elle était arrivée en retard quelques fois, bien malgré elle. Cependant, elle avait toujours réussi à se présenter au travail avant que le bar ne se remplisse. C'était un night-club, bon sang !

— Exemplaire ? Est-ce bien sûr ? fit Martin.

— Euh, oui, répondit-elle d'une voix moins assurée qu'elle ne l'aurait voulu.

— Ah ? Que dire de la soirée où a eu lieu ce fameux enterrement de vie de garçon ?

Cassie eut un soupir étranglé. Il ne manquait pas de culot d'utiliser cela contre elle !

— Ce qui a eu lieu cette nuit-là n'était pas ma faute. Vous ne pouvez pas me le reprocher.

— Le fait est que vous étiez la responsable en titre lorsque la fête a mal tourné, dit Martin, se décidant à s'asseoir et la transperçant du regard. Si bien que le choix est le suivant : ou je vous donne une recommandation pour vous aider à trouver un autre poste, ou tout cela sera déballé au cours d'une procédure.

Serrant les mâchoires, Cassie se leva si vivement qu'elle faillit renverser sa chaise.

— Envoyez-moi la recommandation dès que possible, s'il vous plaît.

Là-dessus, elle sortit du bureau sans ajouter un mot. Qu'y avait-il à dire de plus ? Voici que, pour couronner le tout, elle devait se mettre en quête d'un travail !

Encore une chose dont elle pouvait remercier Carlos Alhambra. Il faisait partie des célibataires de la fameuse soirée – celle qui avait bouleversé sa vie. À plus d'un titre.

Alors, Carlos et son cousin pouvaient aller au diable !

Elle pleurait, pas de doute. Même à cette distance, et dans l'obscurité du crépuscule naissant, Julian constatait que Cassandra était bouleversée, alors qu'elle sortait de l'établissement où elle était entrée un moment plus tôt. Une sorte de dancing ou de night-club. Carlos avait dit qu'elle travaillait de nuit.

Elle l'aperçut à l'instant où il allait l'aborder, et le fusilla du regard.

— Vous !

— S'il vous plaît, accordez-moi un instant.

Il avait voulu la revoir pour s'assurer qu'elle allait bien. De toute évidence, ce n'était pas le cas.

— Je dois rejoindre la station. J'aimerais ne pas rater le prochain train, lança-t-elle.

Et elle le dépassa en coup de vent, comme s'il était quelque démon répugnant sorti d'un film d'horreur.

— Pourrions-nous repartir de zéro ? demanda-t-il. Notre première rencontre était un peu… mouvementée.

Elle pivota sur elle-même pour lui jeter un regard noir.

— Parce que je suis une empotée, vous l'avez constaté vous-même.

— Je vous demande pardon. Je suis sans excuse. J'ai été pris au dépourvu et j'ai mal réagi.

Ce n'était pas comme s'il avait été confronté à une situation d'urgence ! ironisa-t-il en son for intérieur.

Les traits de Cassandra semblèrent se détendre, s'adoucir légèrement. Il dut s'avouer qu'il la trouvait très séduisante. Des boucles brunes encadraient son visage en forme de cœur, aux yeux couleur chocolat et aux sourcils élégamment dessinés. Elle dégageait une impression de détermination et de force, avec cependant une vulnérabilité sous-jacente.

— Soit. J'accepte vos excuses, dit-elle.

Il se demanda pourquoi il se sentait si soulagé, comme délivré d'une étrange oppression.

— Merci, dit-il.

— Mais je ne veux toujours rien de ce que vous pourriez avoir à me donner de la part de… qui vous savez.

Il hocha la tête.

— Je vois. Vous n'êtes pas du tout curieuse ?

— Je vous ai dit que non.

— Je comprends.

Elle consulta sa montre et lâcha un juron.

— Qu'est-ce qu'il y a ?

— Je ne pourrai jamais avoir mon train, dit-elle en pâlissant. Et je veux rentrer chez moi. Mais vous êtes constamment sur mon chemin.

Elle continua à parler, mais le reste de ses propos demeura incohérent. Horrifié, il vit qu'elle s'était mise à pleurer.

— Je vais vous raccompagner chez vous, Cassandra. Ma voiture est juste de l'autre côté de la rue.

Elle le toisa.

— Non, je ne vous connais même pas. Et le peu que je sais de vous ne m'inspire pas confiance.

Il porta la main à sa poitrine, feignant comiquement d'être blessé.

— Me voici coupable par association. Plutôt injuste, vous ne trouvez pas ?

— Peut-être, mais je ne vous avais jamais vu avant cet après-midi. Vous ne m'appelez même pas Cassie, comme tout le monde.

— Il y a un moyen d'y remédier, Cassie, dit-il avec un sourire qui se voulait rassurant.

— C'est-à-dire ?

— Permettez-moi de vous offrir un café.

Au lieu de répondre, elle se mit à fouiller dans son grand sac.

— J'ai besoin d'un mouchoir.

Elle n'était pas en état d'aller où que ce soit, selon lui. Elle lui remit, un à un, divers objets sortis du sac tandis qu'elle continuait à chercher en vain un mouchoir. Il tenait déjà un miroir de poche, un tube de rouge à lèvres et un agenda. Lorsqu'elle trouva enfin ce qu'elle cherchait, il reprit :

— Alors, cette tasse de café ? Je pense qu'elle vous ferait du bien.

Elle se tamponna les joues, puis elle leva les yeux vers lui. En voyant ses yeux encore brillants de larmes et son air profondément abattu, il faillit la prendre dans ses bras.

— Oh ! et puis pourquoi pas, après tout ? fit-elle avec un rire sans gaieté. Qu'ai-je de mieux à faire ?

— Aïe… Ce n'est pas la réponse la plus enthousiaste qu'on m'ait faite à l'idée de passer un moment avec moi.

— Je crains de ne pas pouvoir me montrer emballée, étant donné les circonstances, dit-elle avec un soupir alors qu'elle rouvrait son sac et qu'il y remettait ses affaires.

— Bien que mon orgueil en prenne un coup, d'accord.

Se faisait-il des idées, ou bien y avait-il eu le soupçon d'un sourire sur les lèvres couleur rubis de Cassie ? Elle détourna la tête vers la rue avant qu'il ait pu s'en assurer.

— J'ai une condition, cependant, reprit-elle.

— Laquelle ?

— Ne mentionnez pas le nom de cet individu, s'il vous plaît.

Non sans surprise, Julian mit un instant avant de comprendre de qui elle parlait. Leur brève conversation avait concentré ses pensées sur elle, et rien d'autre qu'elle. Debout au milieu d'une rue animée de Boston, alors que les clients du club descendaient de leur voiture de sport et passaient près d'eux dans leurs vêtements les plus tendance, il avait presque oublié la raison de sa présence ici en la voyant en larmes et bouleversée.

Il ne s'était soucié que de Cassie.

Pourquoi Julian se montrait-il si gentil ? Et pourquoi trouvait-elle cela si troublant ? se demanda Cassie. Elle n'en avait aucune idée. Ses émotions à fleur de peau oblitéraient sa capacité de raisonnement. En colère et sur le point d'expédier quelque objet à la tête de cet homme une minute plus tôt, voici qu'elle acceptait à présent de prendre un café avec lui !

Elle allait suggérer un bar voisin lorsque son estomac se manifesta soudain par un gargouillement. Ah, bravo ! Après avoir pleuré à en avoir les yeux rouges, voilà qu'elle émettait des bruits gênants ! Julian devait se demander ce qu'un homme avait bien pu lui trouver. Surtout un homme qui avait un lien de parenté avec lui.

— Je n'ai pas eu le temps de manger, aujourd'hui, dit-elle en guise d'explication.

— Je n'ai pas dîné non plus. Ni déjeuné, dit-il en consultant sa montre. Et si je vous invitais au restaurant, bien qu'il soit encore tôt ?

Cassie avait réellement faim. Une faim de loup, même. Et après une journée pareille, un bon repas chaud lui calmerait peut-être les nerfs. Elle avait déjà accepté un café, alors, à quoi bon refuser ?

— Pourquoi pas ?

Il lui octroya un sourire qui fit bondir son cœur. Son physique attirait vraiment le regard, pensa-t-elle. Oh ! elle ne s'intéressait guère aux hommes, ces temps-ci, mais Julian dégageait une impression de force, une certaine dureté. Alors, quand il souriait, la métamorphose était saisissante.

Elle avait intérêt à être prudente. La dernière fois qu'elle avait craqué pour le charme d'un bel étranger, son univers familier s'était retrouvé sens dessus dessous.

— Je crois que vous réfléchissez trop, *señorita*, dit-il. Il ne s'agit que d'un repas entre nouvelles connaissances.

Ça alors ! Il avait lu en elle comme dans un livre ouvert.

— Je vous assure que je ne ressemble pas du tout à Carlos.

Elle le crut. Julian ne semblait pas être du genre à fuir ses responsabilités. Encore moins à ignorer un enfant dont il serait le père. De plus, il voyait juste. Elle avait tendance à tout disséquer. Surtout maintenant qu'elle n'avait plus à se soucier seulement de sa propre personne.

Elle se contenta de hocher la tête alors qu'ils recommençaient à marcher.

— Où aimeriez-vous aller ? lui demanda-t-il.

— Tout dépend de votre humeur.

Comme elle avait une faim de loup, elle aurait mangé n'importe quoi.

— Quand je viens à Boston, j'aime aller au Changing Scene, reprit Julian. Et je crois qu'il n'est qu'à quelques minutes à pied.

Elle ne s'étonna pas de l'entendre nommer un des restaurants les plus sélects de la ville, et des plus chers. Même avec sa robe portefeuille en satin noir, elle n'était peut-être pas assez chic pour un tel lieu.

— J'espère que vous avez réservé, dit-elle. C'est complet des mois à l'avance. Surtout à cette époque.

— Non, je n'ai pas réservé. Mais nous devrions pouvoir arranger quelque chose avec le maître d'hôtel.

Elle connaissait bien ce genre d'hommes, qui peuplaient son milieu professionnel. Julian était un de ces clients que l'équipe d'un restaurant haut de gamme ne demandait pas mieux que d'accommoder. Et si la femme qui l'accompagnait n'était pas tout à fait vêtue comme il convenait, ils ne s'en soucieraient guère.

Elle observa son compagnon à la dérobée. Il ne déparerait nullement au Changing Scene, lui. Privé de sa cravate, il avait déboutonné le haut de sa chemise, dévoilant un triangle de peau brune sous son menton plein de caractère. Il débordait de charme et de classe. Et la senteur ultra-raffinée de son eau de toilette, où se mêlaient le citron et la menthe, la faisait presque défaillir. Ah, non ! Elle ne devait pas s'aventurer sur ce terrain. Ni avec Julian ni aucun autre. Elle ne pouvait pas se permettre d'éprouver de l'attirance pour un homme.

Un instant plus tard, ils entraient dans la tour qui abritait le restaurant dont le nom faisait allusion au plancher mobile du dernier étage qu'occupait l'établissement. En effet, en plus de ses chefs de renommée internationale et de sa carte somptueuse, le Changing Scene se flattait d'avoir une splendide vue panoramique sur Boston, car tout le dernier étage pivotait insensiblement, décrivant un cercle complet. Cassie n'y avait pénétré qu'une fois, pour son travail. Elle n'avait jamais pu y déjeuner ou dîner.

Comme Julian l'avait prédit, ils purent s'attabler sans difficulté malgré l'absence de réservation. En un rien de temps, deux serveurs en smoking se présentèrent pour leur offrir un apéritif. Cassie opta pour une citronnade ; Julian, un whisky hors d'âge.

En regardant autour d'elle, elle songea qu'elle avait été naïve de croire à un avenir possible avec Carlos, qui ne fréquentait que ce genre d'endroits, tout comme l'homme assis avec elle. Comment avait-elle pu supposer qu'elle serait plus qu'une passade pour Carlos ?

— Vous voulez qu'on en parle ? demanda Julian. Vous étiez très affectée, tout à l'heure, ajouta-t-il. Est-ce que ça va ?

Au lieu de répondre, elle posa une question à son tour.

— Comment m'avez-vous trouvée, au fait ?

— Je devais essayer à votre lieu de travail si je faisais chou blanc chez vous.

Elle aurait dû s'en douter. Pourquoi Carlos tenait-il tant à la joindre ? Oh ! elle connaissait la réponse. Il voulait lui verser une indemnisation, et tirer un trait sur elle et le bébé. Eh bien, elle ne voulait pas de son argent ! Elle refusait quoi que ce soit de la part d'un homme capable de lui tourner si durement le dos – à elle et à son enfant à naître.

Elle commenta en soupirant :

— Ce serait plutôt mon ancien lieu de travail. Je venais d'être virée, à votre arrivée.

— Virée ?

— Licenciée. Sans ménagement.

— Je vois. Cela explique vos pleurs.

— J'avais besoin de ce travail. Je l'adorais.

De nouveau, les larmes montèrent aux yeux de Cassie, et elle les refoula de son mieux. Elle avait du mal à contenir son désespoir. Elle avait travaillé si dur, d'abord à l'école d'hôtellerie, puis comme serveuse. Lorsqu'on l'avait enfin promue à un poste managérial dans l'un des night-clubs les plus courus de la ville, elle avait eu le sentiment de réaliser son rêve. Et il avait fallu qu'on lui enlève tout à cause des décisions malvenues, impulsives qu'elle avait prises un mois plus tôt. Avec des conséquences qu'elle subirait toute sa vie.

Julian contempla Cassie, et s'interrogea sur ce qui le poussait vers elle. Elle menait, semblait-il, une vie mouvementée. Depuis qu'il l'avait rencontrée, elle avait failli provoquer une catastrophe dans sa cuisine, puis elle s'était fait renvoyer de son travail. Oh ! sans oublier sa précédente liaison avec son cousin adoptif, un incorrigible don Juan.

Qu'y avait-il entre eux, à présent ? Entre Carlos et Cassie ? Un pincement douloureux qu'il n'aurait pas su expliquer lui serra le ventre à l'idée qu'ils avaient peut-être encore un lien. Mais Julian connaissait trop bien son cousin pour ne pas deviner qu'il avait causé du tort à cette femme, puis lui avait tourné le dos. Il eut un élan de folle colère à cette pensée. Cassie ne méritait pas d'être traitée ainsi ! Surtout par un homme tel que Carlos !

— Je sais très bien écouter, dit-il alors que le serveur apportait du pain juste sorti du four.

Une légère vapeur s'échappait du panier qu'il posa sur la table. Cassie tendit le bras pour prendre une tranche de pain. L'expression de pur plaisir qui se peignit sur ses traits alors qu'elle mordait dedans fit rire Julian. Elle avait sûrement très faim !

— Vous voulez parler de la raison de mon renvoi ? dit-elle. Vous devriez poser la question à votre cousin.

Il avait deviné juste. Carlos avait compromis le gagne-pain de cette femme. Et avait envoyé Julian vers elle pour lui remettre un dédommagement. C'était son style habituel. Mais pourquoi avait-il insisté pour que Julian donne l'enveloppe en mains propres ? Il avait dû prévoir que Cassie refuserait, avec obstination. Il pensait que Julian possédait les talents de négociateur nécessaires pour la faire changer d'avis. Mais, à en juger par ce que Julian avait vu jusqu'ici, elle ne semblait pas se laisser influencer facilement. Par qui que ce soit.

Il se demanda s'il devait lui révéler qu'il n'était pas vraiment parent avec Carlos. Il ne voyait pas comment amener le sujet, cependant. Et quelle importance cela pouvait-il bien avoir ?

— Je croyais que vous refusiez de parler de lui, lui rappela-t-il.

— Je n'en ai pas envie, dit-elle en prenant une autre bouchée de pain. Pour ce qui est de mon renvoi, il a joué un grand rôle dans cet événement.

— Vous pourriez peut-être vous en tenir aux généralités, suggéra-t-il.

— Eh bien, lorsqu'une troupe de fêtards déchaînés débarque pour un enterrement de vie de garçon pour lequel personne n'a songé à réserver le night-club, puis commence à se bagarrer, à crier et à tout casser, on considère que la responsable a commis une faute professionnelle.

— Je vois. J'imagine que le responsable c'était vous ?

Cassie ironisa :

— Bravo, vous méritez une médaille !

— Les dégâts étaient donc si coûteux ?

— Pas mal, oui.

Encore une raison pour que Carlos veuille lui verser une compensation. Le coût des réparations avait dû être prélevé sur la paie de Cassie. Pour une fois dans sa vie,

Carlos essayait d'agir décemment. Julian en était surpris. Cela n'arrivait pas souvent.

— J'imagine que ça se produit parfois dans un night-club, dit-il. Votre patron aurait pu passer l'éponge.

— Possible. Si les stripteaseuses non autorisées ne s'étaient pas présentées un peu plus tard, ce qui constitue une grave infraction.

— Je suis vraiment navré, Cassie. J'espère qu'ils ont au moins eu la décence de s'excuser.

Il vit passer une ombre dans son regard.

— Oh ! Carlos s'est excusé, dit-elle, pinçant les lèvres.

L'histoire ne s'arrêtait pas là, Julian en était sûr. Il espéra qu'elle lui dirait le reste à un moment ou à un autre. Il désirait qu'elle ait confiance en lui. Étrange. Il venait à peine de la rencontrer ! Mais il n'allait pas exercer de pression. Elle n'avait été que trop bousculée, aujourd'hui.

Le serveur se présenta pour prendre leur commande. Julian choisit la pièce de bœuf maturée, et Cassie opta pour le bar. Le regard au loin, au-delà des baies vitrées du restaurant, elle reprit, les lèvres un peu tremblantes :

— Quand je pense à tout le mal que je me suis donné pour ce club… Je n'arrive pas à croire qu'ils se soient débarrassés de moi si brutalement. J'ai tout fait pour mon boss. L'inventaire des spiritueux, la réservation des divertissements, la gestion des clients indisciplinés… Sans parler de mes horaires. Présente tôt le soir et à l'œuvre jusqu'à l'aube pour nettoyer après la fermeture. Et voilà comment on me remercie.

Julian eut envie de la soutenir, d'essayer de l'apaiser. Son patron avait manqué de jugeote pour laisser filer une employée telle que celle-là.

— Assez parlé de moi, dit-elle soudain. Je préférerais qu'on discute d'autre chose.

— De quoi ?

— De vous. Qu’est-ce qui vous amène à Boston ? J’imagine que vous vivez en Espagne.

— En effet. Je suis venu voir un fournisseur. Il préfère les transactions directes. C’est un traditionaliste, en affaires.

— Un fournisseur ?

— Oui, de matériel pour hôtels et résidences de luxe. J’ai recours à lui depuis des années. La relation fonctionne bien.

— Vous êtes aussi dans l’hôtellerie, alors ? demanda-t-elle en avalant une gorgée de limonade.

— Exact. J’ouvre un nouveau complexe touristique. Dans une petite île de la Méditerranée, au large des côtes espagnoles. Un paradis unique en son genre.

— Ça fait rêver. J’ai toujours eu envie de visiter la côte méditerranéenne.

— Vous devriez venir en visite lorsque ce sera ouvert, alors. Une fois que vous aurez rétabli votre situation professionnelle, peut-être.

— Comme si je pouvais m’offrir ça ! Je ne fais pas partie des gens qui peuvent séjourner en résidence hôtelière de luxe. Surtout maintenant…

Soudain, Julian eut une idée, qui aurait pu paraître insensée. Mais il avait accompli un sacré chemin dans les affaires en se fiant à son instinct. Jusqu’ici, ça lui avait réussi. Et il manquait de personnel pour le complexe touristique, qu’il désirait inaugurer dès la prochaine saison.

Or, en dépit de son licenciement, Cassie avait dirigé et géré dans une grande ville un night-club très couru qui attirait les milliardaires tels que Carlos et ses amis. Une clientèle de haut vol comme celle qu’il espérait conquérir. Et pour le poste qu’il avait en vue, il lui fallait une femme.

Il n’y réfléchit pas à deux fois. Certaines de ses meilleures décisions avaient été prises sous l’impulsion du moment.

— Si vous ne vous imaginez pas en cliente d'un tel lieu, que diriez-vous d'en être une employée ?

— Je ne suis pas sûre de comprendre...

Se fiant toujours à son sixième sens, Julian ajouta :

— Venez travailler pour moi !

# 3.

Cassie était sûre d'avoir mal entendu.

— Désolée, je crois m'être méprise. J'ai cru que vous me proposiez un travail.

Ayant lâché ces mots, elle ne put s'empêcher de rire. Il était impossible que ce soit ça ! Avait-on des hallucinations auditives quand on était enceinte ?

— Vous avez très bien compris. Je vous offre un poste. Je manque cruellement de personnel pour cette nouvelle résidence hôtelière.

Cassie en resta bouche bée, alors qu'on apportait leurs plats. À quoi diable jouait-il ? Il ne la connaissait ni d'Ève ni d'Adam.

— La résidence hôtelière au large de l'Espagne ? Mais je vis ici, à Boston. Je ne peux pas faire mes bagages et partir comme ça.

— Pourquoi pas ?

N'était-ce donc pas évident ? Sa vie était ici ! Elle marqua un arrêt, soupesant cette pensée. Elle était actuellement sans travail, n'avait pour ainsi dire pas de famille – Dieu seul savait où sa mère avait élu domicile, désormais. Elle n'avait qu'une amie, Zara, toujours par monts et par vaux pour son travail.

Et combien de fois n'avait-elle pas rêvé d'une occasion de ce genre ?

— Cela pourrait être un emploi temporaire, continua Julian. Jusqu'à ce que la résidence soit opérationnelle.

— Temporaire ?

— Un mois, ou quelque chose comme ça.

Cassie s'apprêta à refuser. Cette proposition n'avait pas de sens. Comment pourrait-elle travailler pour le cousin de Carlos ? Et s'ils se ressemblaient ? Elle rejeta cette idée à l'instant où elle lui traversait l'esprit. Les deux hommes étaient apparemment comme le jour et la nuit, en dépit de leurs physiques proches. Si Carlos débordait de charisme et de charme, il y avait en lui quelque chose de puéril. Il n'y avait rien d'enfantin chez Julian, bien au contraire. Il dégageait une sorte de dureté, une vitalité vibrante difficile à définir. Carlos était un beau grand brun ténébreux, séduisant au sens classique du mot. Julian possédait tout cela et plus encore…

*Assez !* Elle devait arrêter de comparer ces deux hommes !

La ligne de conduite la plus sage était de refuser la proposition. Mais quelles autres options avait-elle ? Elle pourrait mettre des semaines à trouver un nouveau job. D'ici là, elle serait au chômage. Son prochain rendez-vous médical était dans un mois. L'argent serait bienvenu, et elle pourrait effectuer des recherches d'emploi en ligne tout en gagnant sa vie.

Mais quand même, tout allait trop vite. Elle venait à peine de rencontrer Julian !

— Pourquoi moi ? Vous ne me connaissez pas.

— Je n'ai pas le temps de faire du recrutement, et mon service d'embauche n'avance pas assez vite. J'aimerais au moins pourvoir à ce poste-là rapidement.

— Cela ne répond pas à ma question. Pourquoi moi ?

Il eut un léger haussement d'épaules, tout en avalant une gorgée de whisky.

— Ce que vous m'avez dit de votre parcours professionnel

fait de vous la parfaite candidate. En fait, je n'en reviens pas d'être aussi chanceux.

*Chanceux*. Eh bien, elle aurait aimé pouvoir en dire autant. Elle piqua une tomate cerise avec sa fourchette, réfléchissant à la proposition. Était-elle folle de l'envisager ? Un mois sur une île de la Méditerranée, c'était le paradis. Dans d'autres circonstances, elle aurait bondi sur l'occasion. Mais à présent, elle ne devait pas seulement songer à elle-même.

Pourtant, elle n'arrivait pas à se résoudre à dire non tout de suite.

— J'ai besoin de réfléchir, dit-elle. Et il est peu probable que je finisse par accepter.

Le sourire que Julian lui octroya la troubla au-delà de toute expression. Bon sang, sa vie n'était donc pas assez compliquée ? Si elle acceptait son offre – et c'était un grand « si » –, ce serait purement professionnel.

— Mais vous ne dites pas non, dit-il en levant son verre.

— Je suppose. Pas encore, en tout cas.

— Parfait. Je vais demander qu'on vous communique tout de suite les informations.

Il sortit son mobile et envoya un SMS.

Julian était persuadé que Cassie accepterait. Il était de plus en plus convaincu d'avoir pris une décision avisée. Non seulement il gagnait du temps, mais en plus il engageait une personne compétente qui savait s'impliquer et travailler dur.

En fait, sa curiosité étant piquée plus que de raison, il avait effectué une recherche à son sujet après avoir quitté son appartement. Elle n'était guère présente sur les réseaux sociaux. Mais un ou deux sites présentaient d'elle des profils élogieux. De plus, un magazine de Boston avait publié un article sur des jeunes professionnels qui avaient le vent en poupe, et Cassie en faisait partie. Elle ne s'en doutait sûrement pas, mais il ne lui aurait jamais fait cette proposition sans connaître son parcours.

Cependant, il ne pouvait pas encore crier victoire. Elle n'avait pas accepté. Il faudrait qu'il revienne à la charge. Il lui offrait un job dans un coin de paradis et lui accorderait un bon salaire.

Cassie semblait plongée dans ses pensées alors que le repas touchait à sa fin. Après plusieurs minutes de silence, elle reprit la parole :

— Pourquoi accepterais-je l'offre d'emploi d'un quasi inconnu ? Tout ce que je sais de vous, c'est que vous êtes le cousin *de qui vous savez*.

Il aurait fallu être sourd, pensa Julian, pour ne pas percevoir le dédain avec lequel elle avait prononcé ces derniers mots.

— En fait, pas vraiment, dit-il.

— Comment ça ? répliqua-t-elle en plissant les yeux.

La place de Carlos dans la famille Santigo n'était certes pas conventionnelle. Des explications étaient nécessaires, il le savait.

— Nous n'avons pas de liens du sang. Je l'appelle « cousin », ainsi que mes deux jeunes frères. Ma mère le considère comme son neveu, mais il n'est pas à proprement parler de notre famille.

Cassie attendait visiblement plus d'informations. Si elle avait voulu bannir Carlos de la conversation, il allait pourtant y prendre une grande place.

— Nous avons grandi ensemble. Carlos a perdu ses deux parents dans un accident d'avion. Sa mère était une amie intime de la mienne.

— Votre famille l'a recueilli, dit Cassie, une lueur de compréhension dans le regard.

Julian acquiesça.

— Il avait treize ans à peine. Je venais d'en avoir seize. Nous le considérions tous comme un membre de la famille.

Mais Carlos était mal à l'aise d'être présenté comme tel. Il disait qu'il avait perdu sa vraie famille dans l'accident, et qu'il n'était ni notre frère ni le fils de ma mère. Alors, il est devenu un « cousin » et un « neveu ».

— Je vois. Carlos a été en quelque sorte adopté par vos parents et votre fratrie.

— Seulement pendant un temps.

— Ah ? fit Cassie, l'air interrogateur.

Avec effort, Julian contint son émotion lorsqu'il répondit. Même après tant d'années, il avait du mal à y parvenir.

— Et puis j'ai perdu mon père.

— Oh ! Julian ! Je suis navrée.

Sa voix douce emplie de compassion fut pour lui comme une caresse apaisante.

— *Gracias.* C'est arrivé brusquement. Pathologie cardiaque non diagnostiquée. Il n'y avait donc plus que moi, mes frères et Carlos, avec ma mère.

Le regard de Cassie s'était adouci. Pendant un instant étrange, Julian pensa même qu'elle allait lui prendre la main, par-dessus la table. Une part de lui-même ne demandait pas mieux.

— Laissez-moi deviner, dit-elle. Vous êtes l'aîné ?

Elle ne manquait pas de finesse !

— Oui. Comment l'avez-vous deviné ?

— Ce n'est pas très difficile. Cela tient à votre façon d'être. Je sens que vous avez endossé beaucoup de responsabilités en l'absence de votre père.

Soudain, elle porta la main à sa bouche, comme si elle prenait conscience d'être allée trop loin.

— Je suis désolée, je n'aurais pas dû…

Il interrompit ses excuses d'un geste.

— Pas de souci. Votre supposition est juste. Étant l'aîné, je me sentais tenu de compenser la disparition de mon père. Envers ma mère, et envers mes frères et Carlos.

Julian se demanda pour la énième fois s'il n'avait pas échoué en ce qui concernait ce dernier. Carlos n'était pas un modèle d'intégrité. Et Julian, malgré lui, se sentait en partie responsable de ce que son cousin était devenu. Peut-être aurait-il pu en faire davantage pour contribuer à modeler son caractère ? Il avait tiré Carlos de plus d'une situation épineuse. Il aurait peut-être mieux fait parfois de le laisser se débrouiller seul. Pour qu'il en tire la leçon.

Levant les yeux, il vit que Cassie l'examinait. Leur conversation avait pris un tour inattendu. D'une certaine façon, ils étaient sur la même longueur d'onde, au point d'avoir un sentiment de familiarité. Il était facile de parler à Cassie, en tout cas.

Peu à peu, les lumières de la ville avaient commencé à jaillir, alors que la nuit tombait sur Boston. Quand on apporta la carte des desserts, ils déclinèrent la proposition l'un et l'autre, même si Julian était, pour sa part, tenté de commander pour le seul plaisir de prolonger ce dîner.

Il réalisa au moment où il payait l'addition qu'il n'avait pas envie que cette soirée se termine. D'habitude, il aurait eu hâte de rentrer à son hôtel pour traiter ses mails et toutes les tâches qui l'attendaient. Là, il avait seulement envie d'oublier ses responsabilités pendant quelques heures encore. Avec sa compagne inattendue.

Il avait livré plus de confidences à Cassie Wells qu'il ne l'avait jamais fait avec quiconque.

La flamme du photophore, au centre de la table, projetait des ombres sur le visage de Cassie, faisant scintiller ses cheveux d'un noir de jais et ses yeux chocolat. C'était vraiment une très belle jeune femme. Elle possédait un physique à faire tourner les têtes, mais elle ne semblait pas en avoir conscience. Elle avait tant de choses pour elle ! Et un avenir radieux en vue.

Dommage qu'on ne puisse en dire autant de lui !

— Je vous raccompagne, dit-il après avoir cherché en vain un prétexte pour prolonger la soirée.

— Est-ce que ça vous ennuierait si on regagnait votre voiture par le plus long chemin ? J'ai besoin de prendre l'air.

— Bien sûr que non, dit-il en se levant pour lui tirer sa chaise. C'est une très bonne idée, surtout après ce repas copieux.

— Merci. Je n'ai pas vraiment hâte de rentrer chez moi.

— Ah ? Pourquoi ? demanda-t-il alors qu'ils se dirigeaient vers l'ascenseur.

Elle soupira.

— J'ai nettoyé de mon mieux, après le début d'incendie, mais ça sentait encore le brûlé quand je suis partie. Je parie que ça va persister quelques jours. Et si j'ouvre les fenêtres pour aérer, ça ne fera qu'apporter les mauvaises odeurs de la rue et du bar voisin.

Julian eut un petit rire.

— Vous avez l'odorat sensible, n'est-ce pas ?

Il vit passer quelque chose dans son regard avant qu'elle détourne les yeux.

— Quelque chose comme ça, dit-elle d'une voix presque inaudible. Cela n'a pas toujours été le cas.

Puis elle bougonna quelque chose, encore plus bas si c'était possible.

— Pardon ?

Les portes de l'ascenseur s'ouvrirent, et elle y entra sans répondre. Ils eurent vite fait d'atteindre le rez-de-chaussée et de sortir dans l'air embaumé du front de mer. Il y avait maintenant beaucoup de monde dans les rues, la soirée battait son plein. On entendait des échos de musique, des avertisseurs, des conversations. À quelques pas, un artiste de rue dessinait un portrait à la craie. Julian aimait l'animation de Boston, une ville vivante et divertissante.

Il éprouva un étrange regret. L'espace d'un instant un

peu fou, il se prit à rêver que Cassie et lui en étaient à leur premier rendez-vous et allaient maintenant danser après un dîner romantique pour apprendre à mieux se connaître. Elle serait sûrement une partenaire de danse idéale, car elle avait des mouvements fluides et gracieux. Il imagina qu'elle venait entre ses bras, sur la piste, et lui permettait de la serrer contre lui alors qu'ils évoluaient de concert.

*Dios !* Assez de chimères ! Il n'était plus un adolescent, tout de même ! Que lui prenait-il ?

Il n'avait aucune intention de sortir ni de danser avec une femme. Les blessures du passé récent étaient à peine cicatrisées. Il ne permettrait pas qu'une femme exerce à nouveau une trop forte influence sur lui. Il était trop occupé par l'inauguration prochaine de la résidence touristique pour s'engager dans une quelconque liaison.

Il fut donc surpris par les mots qu'il prononça.

— Puisque vous n'êtes pas tentée de rentrer chez vous, si vous veniez à mon hôtel ?

Cassie s'arrêta net.

— Pardon ?

Julian s'immobilisa aussi, secouant la tête.

— Désolé. Je suis parfois maladroit, votre langue n'est pas ma langue maternelle. Je voudrais seulement vous montrer des brochures, vous donner une meilleure idée de ce job et faciliter votre décision. Je vous descendrais les documents dans le salon d'accueil, et vous pourriez les consulter autour d'un verre.

Cassie ne savait pas très bien comment enchaîner. Elle essayait de se faire à l'idée que Julian était proche de Carlos mais qu'ils n'avaient pas de lien de parenté. Cela ne changeait pas grand-chose dans le fond. Ce qui l'avait frappée était que Julian était devenu chef de famille après la mort de son père. Elle ne pouvait pas s'empêcher de l'admirer pour cela.

— Si on les consultait ensemble, cela serait plus bénéfique que si vous les lisiez seule après un envoi par mail.

Cela semblait sensé. Si l'issue était acquise d'avance. Or elle ne pouvait pas accepter un poste à l'autre bout du monde dans un si bref délai.

— Je ne crois pas que ce soit une bonne idée, dit-elle.

Pourquoi, alors, était-elle si tentée d'accompagner Julian à son hôtel ? Par sentiment de solitude, voilà pourquoi ! Elle était esseulée. Rien de tel que d'attendre un bébé pour en prendre la mesure. Cela n'était pas nouveau pour elle, mais elle avait mal à l'idée que son enfant viendrait au monde dans les mêmes circonstances qu'elle.

Une petite voix, dans son esprit, lui souffla d'arrêter de tout disséquer et de couper les cheveux en quatre. La dernière fois qu'elle l'avait écoutée, cela l'avait menée à cette grossesse inattendue. Mais là, le scénario était différent, non ?

Julian venait de lui faire une offre d'emploi. Rien de plus. Il désirait en discuter avec elle. Oh ! elle n'envisageait pas d'accepter, c'était hors de question. Elle était tentée de le suivre parce qu'elle répugnait à retrouver son petit appartement miteux et étouffant.

— Excusez mon audace, reprit Julian. Il se trouve que je suis bousculé par le temps, et je voudrais inaugurer la résidence dans le délai prévu.

Cela expliquait son offre à une quasi inconnue. Elle n'avait aucune raison de se sentir flattée.

— D'habitude, continua-t-il, je ne suis pas aussi… Quel est le mot, déjà ?

— Lourd ?

Il éclata d'un grand rire contagieux, et à son tour Cassie ne put réprimer un petit rire.

— Ce n'est pas celui que j'aurais choisi, mais je suppose qu'on peut dire ça.

Quand il riait, il était d'un charme ravageur. Ses yeux bruns pétillaient, éclairant son visage. Sa mâchoire anguleuse ombrée d'un chaume de barbe donnait quelque chose d'incisif à ses traits d'une beauté peu commune. Plus d'une femme se retournait, sur leur passage. Julian ne remarquait pas leur intérêt, comme s'il y était accoutumé. Cassie réalisa soudain que, pour les observateurs extérieurs, ils pouvaient passer pour un couple d'amoureux à leur premier rendez-vous. Ou déjà intimes.

La vérité était si différente ! Elle en avait fini avec les hommes – pour ce qui était du futur proche, du moins.

— Je vais vous déposer chez vous, alors, dit-il après un silence gêné.

— D'accord.

Ils marchèrent quelque temps en silence. Malgré elle, Cassie le regardait à la dérobée. Il avait vraiment un physique qui arrêtait le regard. Et comme toutes les femmes qu'ils croisaient, elle n'y était pas indifférente.

— Merci encore pour ce dîner, dit-elle pour ranimer la conversation et recentrer ses idées.

— De rien. Je devrais vous remercier aussi.

— Pourquoi donc ?

— Entre dîner avec une femme ravissante et répondre à une ribambelle de mails sur un divan d'hôtel en se contentant de l'en-cas fourni par le service d'étage, mon choix est vite fait.

*Quel charmeur !* Si elle n'y prêtait garde, elle finirait par apprécier ses compliments, alors que ce n'était sûrement qu'un trait culturel.

Julian ne se doutait probablement pas de son incroyable pouvoir de séduction. Cependant, il était curieux de penser que lui aussi était seul. Même si ce n'était pas comparable. Il effectuait un voyage d'affaires dans une ville éloignée de sa terre natale. Il venait d'une grande famille qui comptait sur lui. Il dirigeait une entreprise internationale avec une myriade d'employés qui, eux aussi, dépendaient de lui.

Alors qu'elle était isolée et livrée à elle-même.

Elle s'immobilisa de nouveau, et Julian l'imita, se tournant vers elle.

— Quelque chose ne va pas ?

*Rien ne va !* eut-elle envie de hurler. Elle était enceinte, effrayée, seule. Elle désirait cet enfant, et l'aimait déjà, mais le bouleversement radical de sa vie la remplissait d'angoisse. Et elle n'avait personne vers qui se tourner, à qui se confier. De nouveau, le doute et la culpabilité l'assaillirent. Et si elle n'arrivait pas à s'en tirer ? Et si elle échouait dans le rôle le plus important qu'elle ait jamais eu à assumer ?

Elle savait qu'il serait stupide de suivre Julian jusqu'à son hôtel, mais au moins cela lui offrirait un bref répit, la détournerait des visions catastrophiques qui se bousculaient dans son esprit. Julian avait été un « dérivatif » efficace dès l'instant où il était entré dans son appartement. En quoi serait-il répréhensible de profiter encore un peu de cet antidote ?

Elle avait appris des choses sur lui pendant le dîner. Elle avait découvert qu'il était du genre à épauler ceux qui avaient besoin de lui. C'était si différent de ce qu'elle avait vécu avec l'homme qu'il appelait son « cousin » !

Comme il la regardait dans l'attente de sa réponse, Cassie compta jusqu'à dix pour dompter son angoisse. Il lui arrivait d'avoir des crises qui avoisinaient la panique. Elle venait d'en frôler une.

— J'ai changé d'avis, dit-elle en s'efforçant de garder une voix calme et posée. En fait, j'aimerais bien discuter du job avec vous.

# 4.

Julian ignorait la cause de ce revirement. Mais il en était bêtement heureux. Même s'il n'avait pas vraiment de raison de l'être : Cassie avait accepté d'entendre ce qu'il avait à dire sur le poste proposé, rien de plus. Cependant, il était assez sûr de son talent de négociateur pour savoir que ses chances venaient de s'accroître de façon spectaculaire. Il avait plus d'un atout dans sa manche, et abattrait ses cartes une à une pour la convaincre. Quelque chose, chez cette femme, éveillait son instinct protecteur. Elle avait toute une histoire avec son cousin, il le sentait. Mais il n'allait pas chercher à savoir de quoi il retournait. Il s'agissait pour lui de combler un manque dans le domaine professionnel. Un point c'est tout. *Pas vrai ?*

Elle avait les joues empourprées, le souffle un peu court. En d'autres lieux, en d'autres circonstances, il aurait peut-être quêté une relation amoureuse avec cette femme. Elle était attirante, sexy sans même en avoir conscience. Son teint mat et sa silhouette voluptueuse avaient une séduction folle.

Il refoula ces pensées et arrondit le bras.

— Ne perdons plus de temps, alors, *señorita*. Je vous emmène à l'hôtel avant que vous ne reveniez sur votre décision.

Elle lui octroya un sourire éblouissant avant d'accepter son bras. Un instant plus tard, ils avaient rejoint la Mercedes de location gris argent de Julian.

Il leur fallut une vingtaine de minutes pour se dégager

des embouteillages et atteindre le Harbor Hotel. Julian guida Cassie à l'intérieur, jusque dans le vaste salon du premier étage, tandis que le voiturier se chargeait du véhicule.

— Je commande une bouteille de vin ? proposa-t-il quand une serveuse les aborda. Nous en avons pour un bon moment.

Elle refusa aussitôt.

— Pour moi, ce sera une limonade.

Elle n'était pas portée sur l'alcool, pensa-t-il. Au restaurant, elle n'avait bu que de l'eau fraîche.

— Dans ce cas, dit-il à la jeune serveuse, je prendrai une de vos bières locales.

Et il continua à l'intention de Cassie :

— Je fais un saut dans ma suite pour prendre les brochures et documents. Ce ne sera pas long.

— Je ne bouge pas d'ici, dit-elle en s'adossant au confortable fauteuil tapissé de velours.

Julian était plus excité qu'il ne voulait l'admettre. Présenter à Cassie le projet du Paraiso, c'était un peu une première. Sa famille mise à part, seuls les investisseurs, ses employés et son agence de marketing connaissaient son projet pour cette luxueuse destination touristique. Cassie serait la première Américaine à découvrir le concept. Bizarrement, il n'avait même pas songé à lui faire signer une clause de confidentialité avant de lui communiquer ces informations, mais il était trop tard pour y remédier.

Son projet était novateur, cette résidence hôtelière serait unique en son genre. Il avait hâte de connaître la réaction de Cassie. Une fois dans sa suite, il se hâta de rassembler les documents, en anglais, et fut de retour dans le salon à l'instant où la serveuse apportait leurs commandes.

— Cela n'a pas été long, dit Cassie alors qu'il s'asseyait près d'elle.

— Je suis un homme de parole.

— C'est plutôt rare, de nos jours, bougonna-t-elle.

— Pardon ?

— Rien. Bon, on commence par quoi ?

— Par une question, si vous voulez bien.

— Allez-y.

— Combien de voyages avez-vous faits seule sans avoir à subir d'attentions indésirables ?

Elle cessa de sourire.

— Je n'ai pas tellement eu l'occasion de voyager quand j'étais toute jeune. Mais que voulez-vous dire par « attentions indésirables » ?

— Celles des hommes.

— Où voulez-vous en venir, Julian ? dit-elle en plissant les yeux. Quel rapport avec ce job ?

— Tenez, laissez-moi vous montrer, dit-il en ouvrant une brochure à la première page et en attendant qu'elle en ait pris connaissance.

Elle la lut, et sa bouche s'arrondit d'étonnement. Elle releva les yeux.

— Il y a marqué : « Réservé exclusivement aux femmes. »

— Exact. Pas d'hommes ni de jeunes gens.

— C'est permis ? C'est légal ?

— Bien sûr.

— Je dois dire que vous piquez mon intérêt.

— Je n'en suis pas surpris, dit-il en lui prenant étourdiment la main.

Une sorte de courant électrique lui traversa la paume lorsqu'elle entra en contact avec les doigts de Cassie. Il retira sa main.

— Dites-m'en davantage.

— La résidence se situe sur une île, au large de la côte est de Majorque. Elle est destinée aux voyageuses qui recherchent un lieu de vacances luxueux combinant la détente, les soins thermaux, le fitness et une approche de la culture locale. Où elles pourraient se rendre avec leur compagne, leur sœur ou leur mère.

— Rien que des femmes ? insista Cassie, comme si elle ne parvenait pas à y croire.

— Exact. Pas d'hommes.

— Bon.

— Vous m'assisteriez dans toutes les tâches de direction. Il faudra veiller au confort des clientes, régler les problèmes inhérents à toute nouvelle entreprise.

— Je vois.

— Vous l'avez sûrement deviné, l'idéal serait d'engager à ce poste une femme avec des qualifications telles que les vôtres.

Julian tourna une page, pour montrer les photos et les informations sur les installations.

— Vous auriez un logement dans la résidence, et je suis prêt à rétribuer généreusement votre talent.

Il sortit de sa poche un stylo en argent, et inscrivit une somme en dollars sur le coin d'une serviette cocktail, disposé à l'augmenter s'il le fallait.

Pour toute réponse, elle écarquilla les yeux.

Cassie fixait la somme que Julian venait d'inscrire, de son élégante écriture, sur la petite serviette blanche. Était-ce le salaire annuel proposé ? Il avait pourtant dit qu'elle serait engagée pour environ un mois. Puis elle s'avisa de l'origine de sa confusion. Elle n'était pas très au fait des taux de change. Quel était celui de l'euro ?

— Vous avez mis le symbole du dollar, lui fit-elle observer.

— C'est exact.

Bon, il avait peut-être indiqué un salaire annuel en attendant qu'elle effectue une rapide division. Même ainsi, le montant n'avait toujours aucun sens.

Il se faisait tard. Elle aurait aimé qu'il aille droit au but. Sa curiosité était en éveil, et elle avait envie d'en savoir plus. L'idée de Julian était si nouvelle et originale ! Elle se sentit soudain ravie à l'idée d'être impliquée dans un tel projet, fût-ce à titre temporaire.

— Ce serait votre compensation pour un mois de votre temps. En plus des frais de voyage et de logement. Si vous voulez faire une contre-proposition, je vous écoute.

*Une contreproposition ?* La somme indiquée était supérieure à ce qu'elle aurait gagné en six mois ! C'était presque trop beau pour être vrai. Tout allait trop vite, et elle n'arrivait pas à rassembler ses idées. Un homme qu'elle ne connaissait pas la veille venait de lui offrir un travail. Un homme relié de près au père de l'enfant qu'elle portait. C'était étourdissant.

Le mobile de Julian bourdonna. Il le tira de la poche de sa veste, regarda l'écran puis se leva.

— Il faut que je prenne cet appel, dit-il. Regardez les documents. Je reviens bientôt.

— Prenez votre temps, parvint-elle à répondre alors qu'il s'éloignait.

Julian coupa la communication puis revint vers le salon, pressé de reprendre les négociations avec Cassie. Il lui avait offert d'emblée une belle rémunération. Le marchandage n'était pas son style, et c'était selon lui une perte de temps. Plus vite ils seraient d'accord sur le salaire, plus vite ils passeraient à l'étape décisive – la réponse finale de Cassie.

Quand il revint près d'elle, il sut que la discussion ne se poursuivrait pas. Cassie était profondément endormie, à demi penchée en avant. Il était surpris qu'elle parvienne à dormir dans cette position. Sans parler de la musique du quartette de jazz qui jouait dans le pub de l'hôtel, à quelques pas du salon.

Résigné, il gagna la réception. Mais il ne restait pas une seule chambre de libre dans tout l'hôtel.

Il regarda Cassie. Elle aurait des courbatures si elle restait ainsi longtemps. Pour s'être endormie dans de telles conditions, elle devait être épuisée.

Il consulta sa montre et vit qu'il était beaucoup plus tard qu'il ne pensait. Le temps filait comme l'éclair, en compagnie de Cassie Wells. Il s'approcha d'elle et lui secoua doucement l'épaule, à plusieurs reprises. Enfin, elle ouvrit les yeux en cillant, et regarda autour d'elle, encore dans la confusion du sommeil.

— Qu'est-ce qui se passe ?

— Vous vous êtes endormie.

Elle répondit par un bâillement. De toute évidence, elle n'était pas en état d'effectuer un trajet en voiture jusque chez elle. Mais il ne manquait pas de place dans sa suite.

— Si vous restiez ici, à l'hôtel ?

— Ici ? fit-elle en se frottant les yeux et en se redressant. Je n'en ai pas les moyens.

Là-dessus, elle bâilla de nouveau.

— J'ai une suite avec deux chambres. Il y a bien assez d'espace pour nous deux.

L'hésitation de Cassie fut perceptible dans son regard ensommeillé.

— Les deux pièces ont un verrou de sécurité, dit-il pour la rassurer. Et elles ont chacune un grand lit double.

— Avec des oreillers moelleux ? fit-elle avec un léger haussement de sourcils.

— Absolument.

Il sourit, et lui tendit la main pour l'aider à se mettre debout. Elle la saisit sans un mot, et se laissa conduire jusqu'à l'ascenseur principal.

Y avait-il vraiment du soleil au-delà de la fenêtre ? Déjà ? Ce n'était pas possible. Elle venait à peine de fermer l'œil. Cassie grommela et se retourna sur le côté. Julian n'avait pas menti sur le luxueux confort du lit. Elle avait failli refuser de rester, la veille. Mais jamais elle ne s'était sentie aussi fatiguée. Il avait paru stupide d'insister pour rentrer à une heure pareille, d'autant que les chambres étaient pourvues d'un verrou. D'ailleurs, si Julian avait été quelque pervers décidé à lui faire du mal, il en avait déjà eu l'opportunité chez elle et en voiture. Au bout du compte, elle lui était reconnaissante de son hospitalité. La nuit écoulée était la plus reposante qu'elle eût passée depuis qu'elle avait découvert sa grossesse. Et Dieu sait qu'elle avait eu besoin de repos !

Mais maintenant, il était temps de partir. Elle devait aussi décider de sa réponse à Julian. C'était une occasion en or, mais les circonstances étaient plus que compliquées. Elle se leva avec un soupir, et gagna la salle de bains. Elle avait dormi en sous-vêtements et dans le peignoir en soie suspendu dans l'armoire. D'abord, une douche dans la cabine luxueuse, puis il faudrait revenir à la réalité !

Quand elle sortit dans le salon-séjour, vingt minutes plus tard, la porte de la chambre de Julian était encore close, et le silence régnait. Cassie hésita. Elle n'y avait pas pris garde, la veille, mais la suite était à elle seule aussi grande que son appartement, et le canapé ivoire coûtait sans doute autant que son loyer annuel. Un écran plat et un tableau étaient fixés au mur. Ses pieds s'enfonçaient dans un épais tapis. Elle avait l'impression d'être dans une page de magazine. Et la chambre où elle avait dormi était plus que luxueuse. Julian savait vivre, sans aucun doute.

Devait-elle frapper à sa porte ? Il paraissait inélégant de partir en taxi sans le remercier. Mais s'il dormait encore ? Avant qu'elle ait pu prendre une décision, une voix masculine sonore annonça :

— Service d'étage !

La porte de la chambre de Julian s'ouvrit presque aussitôt.

— Une minu…

Il s'arrêta net en la voyant.

— Vous êtes réveillée…

Elle fut tout juste capable de hocher la tête. Les mots lui manquaient. Julian n'avait pour tout vêtement qu'un épais drap de bain noué autour de la taille.

— Vous voulez bien vous en charger ? demanda-t-il en désignant la porte d'entrée. Je ne suis pas habillé.

Elle resta muette, la bouche sèche. Il semblait tout droit sorti d'une publicité pour eau de toilette masculine. Son torse hâlé et bien musclé luisait d'humidité après la douche. Comme il ne s'était pas encore rasé, une ombre de barbe accentuait le contour anguleux de sa mâchoire. Ses cheveux ondulés d'un noir de jais, en désordre, retombaient autour de son visage. Et quel corps de rêve ! Comment n'avait-elle pas remarqué, même lorsqu'il était en costume, qu'il était aussi bien bâti ?

L'eau de toilette qu'il utilisait, dont la senteur lui était maintenant familière, exhalait des effluves typiquement virils qu'elle se surprit à humer. Elle avait une envie folle de lever le bras pour écarter de son visage les mèches qui avaient glissé, puis de lui effleurer la mâchoire. Peut-être même de laisser courir ses doigts plus bas…

Elle secoua la tête. Mais enfin, qu'est-ce qui ne tournait pas rond chez elle ? Ce devait être un effet des hormones. Sinon, jamais elle ne serait restée plantée là à dévorer Julian Santigo du regard – lui encore moins qu'un autre. Sa vie était totalement chamboulée. La dernière chose dont elle avait besoin était de désirer un homme aussi tabou que celui-là.

— Cassie ? fit-il en l'examinant, les yeux légèrement plissés.

— Oui ?

— Pourriez-vous prendre ça ?

— Comment, ça ? dit-elle, peinant à rassembler ses esprits.

Il désigna la porte d'un geste du menton.

— C'est le garçon d'étage. Je nous ai commandé du café et des pâtisseries.

— Oh ! Oui, bien sûr.

Elle se retourna et alla ouvrir pour laisser entrer le livreur, en s'intimant de recouvrer son calme. L'arôme du café frais l'aida à se ressaisir. Elle s'autorisait encore à en prendre une petite tasse chaque matin. Et là, elle en avait vraiment besoin !

Lorsque le garçon d'étage se fut retiré, elle était à peu près redevenue elle-même.

— Servez-vous donc, dit Julian en ressortant de sa chambre.

Il portait à présent une chemise blanche sur un pantalon gris anthracite. Ses manches relevées jusqu'aux coudes révélaient les bras musclés qu'elle avait admirés un moment plus tôt. Elle se força à penser à autre chose, aidée en cela par un croissant chaud à l'odeur alléchante. Elle en prit une bouchée. Il était fondant à souhait. Et elle avait une faim de loup. Cela aussi était nouveau. Elle n'avait jamais été du genre à prendre un petit déjeuner. Mais maintenant, elle ne pouvait pas entamer la journée sans se sustenter.

Julian s'approcha et versa du café.

— Merci, lui dit-elle. Pour tout. Cela m'a fait le plus grand bien de dormir ici cette nuit.

— Vous paraissiez épuisée. Je suis content que vous ayez pu prendre du repos.

Elle l'était aussi. Les événements de la veille lui semblaient presque irréels, comme s'ils étaient issus de son imagination. Elle avait fini, au cours de cette soirée, par se sentir à l'aise et détendue avec Julian au point de sombrer dans le sommeil alors qu'elle l'attendait dans le salon de réception.

Ou alors, deux semaines de fatigue extrême avaient fini par avoir raison d'elle.

— Moi aussi, dit-elle. J'ai souffert d'insomnies ces derniers temps, alors cette bonne nuit de sommeil était bienvenue.

— Quelque chose vous empêche de dormir ?

S'il savait !

— J'ai quelques soucis, en ce moment.

Cassie comprit qu'elle avait envie de se confier à Julian. Il y avait en lui quelque chose qui l'attirait, comme si elle était aspirée dans le champ magnétique d'une lointaine planète. Dans d'autres circonstances, ils auraient pu devenir amis. Peut-être même plus…

Elle secoua la tête pour chasser cette pensée déplacée. Si grand que fût son besoin, elle ne pouvait en aucun cas s'ouvrir à Julian de sa délicate situation.

— J'ai un peu de temps avant mon rendez-vous. Si vous avez envie de parler.

— Vous m'offrez une épaule sur laquelle m'appuyer ?

— Précisément.

Il lui sourit, et elle en fut inondée de plaisir. Cet homme lui faisait décidément beaucoup d'effet ! Elle pouvait peut-être se confier en évitant d'entrer dans les détails ? Elle tenta de trouver les mots justes.

— La perte de mon travail ne pouvait pas tomber plus mal. Et c'est si injuste ! J'ai travaillé dur pour en arriver là et maintenant je dois tout recommencer !

— Vous n'avez pas eu la partie facile pour y parvenir, n'est-ce pas ?

— En effet. Il a fallu beaucoup de temps et d'efforts.

Elle comprit qu'elle n'était pas loin de se lamenter. Ce qu'elle s'était toujours refusée à faire.

— Mais je ne veux surtout pas m'apitoyer sur moi-même, ajouta-t-elle à la hâte.

— Vous avez perdu un travail que vous adoriez, vous

en avez bien le droit, dit Julian. Et vos parents ? Ils vous ont aidée ?

— Je n'ai pas vraiment de parents. Je n'ai jamais connu mon père.

Cassie réprima un accès de chagrin. Comme souvent, l'histoire se répétait. Son enfant tiendrait un jour les mêmes propos qu'elle, hélas !

Avant qu'elle s'en rende compte, Julian l'avait rejointe et avait emprisonné sa main au creux des siennes. Son contact était apaisant, réconfortant. Pourtant, cela avait aussi quelque chose d'électrique. Elle résista à l'envie de retirer sa main, acceptant son réconfort.

— Et votre mère ?

— Elle se manifestait par périodes. Elle m'arrachait à l'endroit où j'avais été placée, jurait qu'elle avait changé, qu'elle était prête à assumer la responsabilité d'un enfant.

— Et ce n'était pas vrai ?

Cassie laissa échapper un long soupir.

— En effet. Ses moments de lucidité ne duraient pas. Ils ne faisaient que perturber le semblant de vie quotidienne que j'avais pu établir dans une famille d'accueil.

— Vous êtes une femme remarquable, Cassie, dit Julian en lui effleurant la paume du bout du pouce. J'espère que vous en êtes consciente.

Elle en resta sans voix. Était-ce vraiment l'idée qu'il se faisait d'elle ?

— Il y a des jours où j'en doute, parvint-elle enfin à dire, aussi sincère que possible.

— Il ne faut pas.

Pendant un instant, elle le considéra, éblouie par ce prince charmant qui semblait toujours trouver les mots justes…

La sonnerie du mobile de Julian rompit le charme de l'instant. Il relâcha sa main pour lire le message, et elle se sentit aussitôt privée de sa chaleur.

— Désolé, dit-il, le devoir m'appelle. Quelqu'un pourrait-il vous tenir compagnie aujourd'hui ? Vous avez mentionné une amie. Si elle veut venir ici, elle sera la bienvenue.

Cassie secoua la tête. Zara était à l'autre bout du monde.

— Ne vous inquiétez pas, ça ira. Je me sens reposée. Cette nuit a eu l'effet d'un élixir magique. Je vous en suis très reconnaissante, Julian.

Elle eut droit à un nouveau sourire.

— Vous m'en voyez heureux. Merci.

Il consulta sa montre, à regret de toute évidence.

— Il faut vraiment que j'y aille. J'ai rendez-vous dans le quartier d'affaires.

— Ne vous mettez pas en retard à cause de moi.

— Vous êtes sûre que ça va aller ? lui demanda-t-il avec sollicitude.

Cassie avait les larmes aux yeux. Depuis combien de temps quelqu'un s'était-il soucié d'elle ainsi ? En dehors de Zara, si souvent absente…

— Je vous en prie, restez et savourez le petit déjeuner.

— Merci. Une fois encore.

Il enfila une veste.

— J'ai donné pour consigne qu'on vous appelle un taxi lorsque vous serez prête à partir. Mais prenez votre temps.

Cet homme n'avait pas son pareil. Il avait un rendez-vous important, et pourtant il avait pris soin de veiller à ce qu'elle déjeune et dispose d'un moyen de transport. De nouveau, elle le remercia et se décida à aborder le sujet en souffrance.

— Je n'oublie pas que je vous dois une réponse, dit-elle alors qu'il gagnait le seuil.

— Je vous écoute.

Cassie s'apprêta à lui dire une fois pour toutes qu'elle ne pouvait pas accepter son offre, même si, dans son ancienne vie, elle aurait sauté sur l'occasion en s'émerveillant de sa chance. Mais les mots ne voulurent pas sortir de sa gorge.

— J'ai besoin de réfléchir encore un peu.

Il haussa les sourcils, visiblement surpris.

— J'attends votre réponse avec impatience, dit-il, sans franchir le seuil. Il nous reste autre chose à régler, *señorita*.

Il s'approcha d'une commode et en sortit l'enveloppe de Carlos.

— Cela vous appartient. Faites-en ce que vous voulez, continua-t-il. Lisez-la, détruisez-la, c'est à vous d'en décider.

Elle aurait dû s'en douter. Contrairement à son cousin adoptif, Julian prenait ses engagements au sérieux. À tort ou à raison, il avait été chargé de lui remettre cette enveloppe et il veillait à s'en acquitter. En dépit de ce que ce geste impliquait pour elle, elle admira sa fidélité à la parole donnée.

Il plaça l'enveloppe dans sa main, puis il se retira, et elle resta à fixer la porte close.

— Tu ne répondais pas au téléphone, hier soir.

Cassie appuya sur la touche du haut-parleur pour entendre Zara à son aise. Elle venait de rentrer chez elle, l'enveloppe à la main. Prenant au mot l'offre de Julian, elle avait profité de la suite pendant encore deux heures. Et ne le regrettait pas. Ce n'était pas de sitôt qu'elle pourrait jouir d'un tel luxe.

— Allô ?

Où donc était, cette fois, son amie voyageuse ? Il était impossible de suivre les déplacements de Zara. À Paris une semaine, elle sautait dans un avion la semaine d'après pour gagner l'Amazonie. Photographe de haut vol, elle avait une vie passionnante. Une vie que Cassie n'aurait jamais osé rêver d'avoir.

Encore que... Elle avait, en ce moment même, l'occasion de vivre une belle aventure comme Zara en vivait chaque jour. Un mode de vie que Cassie avait toujours admiré et envié.

— Je suis là, répondit-elle enfin en ouvrant les fenêtres,

résignée à subir les effluves du port plutôt que l'odeur de brûlé persistante. Désolée, j'arrive à peine.

Elle regretta aussitôt d'avoir lâché cette information. C'était si peu conforme à son rythme habituel que Zara allait poser des questions, quêter des réponses qu'elle n'était pas prête à donner. Cela ne manqua pas de se produire.

— Ah ? Et tu étais où, à cette heure de la matinée ? demanda aussitôt son amie. Tu n'as pas travaillé de nuit ? Et pourquoi ne répondais-tu pas au téléphone, au fait ?

Zara pouvait paraître trop curieuse, mais Cassie savait que ses questions étaient dictées par une affection et une inquiétude sincères. Son amie était d'une certaine façon sa seule famille. La seule qu'elle eût jamais eue, en réalité.

Elle s'était sentie tellement plus légère après avoir parlé à Julian ! Cela lui ferait du bien de se confier à Zara Shahada, toujours si avisée, de livrer encore un peu ce qu'elle avait sur le cœur. À commencer par son renvoi.

— Eh bien, en fait, je n'ai pas eu à travailler.

— Tu es en congés ?

— Si on veut. Martin m'a licenciée. Tu devines la raison.

Zara déversa un chapelet de jurons digne d'un charretier, et Cassie ne put s'empêcher de rire face à cette réaction scandalisée.

— J'imagine que tu ne peux pas l'attaquer en justice parce que ce salaud a couvert ses arrières ?

— Tu vois juste.

— Je suis vraiment navrée, Cassie. Ce type ne m'a jamais inspiré confiance.

— Tu as toujours su juger les gens.

Cassie admirait, chez son amie, cette qualité qu'elle aurait aimé posséder.

— Et sinon, comment te sens-tu ? demanda Zara. Tout va bien pour le bébé ?

Sans doute Cassie hésita-t-elle un peu trop avant de répondre, car Zara s'affola aussitôt.

— Qu'est-ce que c'est ? Qu'est-ce qu'il y a ? Quelque chose ne va pas ?

— Non ! Non, rien de tel. C'est juste que… Il me faut tellement de choses pour préparer son arrivée. Je me demande comment je vais faire face…

Une fois de plus, le regard de Cassie tomba sur l'enveloppe. Elle était sûre qu'elle contenait une des réponses possibles à ses interrogations sur l'avenir. Mais elle venait d'un homme qui les avait trahis, elle et son bébé, et qui invalidait cette option.

— Mais, ma chérie, je t'aiderai, dit à présent Zara à l'autre bout du fil.

— Merci, répondit simplement Cassie – même si elle se refusait à recourir à son amie.

— Ça m'ennuie de te savoir bouleversée. Je peux sauter dans un avion et être là dans vingt-quatre heures. On avisera.

Cassie sentit des larmes lui piquer les yeux. Zara avait un planning surchargé. Une telle entorse à son emploi du temps la dérouterait pendant plusieurs jours et lui coûterait beaucoup d'argent. Avant même d'en avoir conscience, Cassie se mit à dévider l'histoire de sa journée de la veille. Du feu dans l'appartement au coup de folie qui l'avait poussée à envisager la proposition de Julian.

Zara resta si longtemps silencieuse, ensuite, qu'on aurait cru que la communication était coupée. Elle finit enfin par dire :

— Cassie ?

— Oui ?

— Te serais-tu lancée dans l'écriture d'un roman ? Ce que tu viens de raconter semble tout droit sorti d'une fiction.

— Oui, dit Cassie. Je veux dire… non. Tout est vrai.

— Mince ! C'est sérieux.

— Tu peux le dire.

— C'est incroyable que tu aies perdu ton emploi pour en retrouver un cent fois meilleur en une seule et même journée !

— Ce n'est pas vraiment le cas.

— Mais pourquoi ? Qu'est-ce qui te retient ? Si tu veux ce job et si tu as besoin de cet argent, tu n'as qu'à dire oui.

Si seulement c'était aussi simple ! Zara avait tendance à avoir des opinions bien tranchées : c'était tout noir ou tout blanc. Cela l'avait d'ailleurs menée loin. Mais Cassie ne fonctionnait pas de cette manière.

— Les choses sont plutôt compliquées, tu ne crois pas ?

— Je ne vois pas en quoi, répondit son amie.

Comment pouvait-elle envisager avec autant de détachement le scénario que Cassie venait de dépeindre ? On aurait dit qu'elle minimisait la complexité de la situation.

— Pour commencer, comment dire à Julian qu'il envisage d'engager une femme enceinte ? D'un homme dont il est très proche, en plus ?

— Pourquoi faudrait-il que tu le lui dises ?

— Tu ne trouves pas qu'il serait malhonnête de le lui cacher ?

— Aux États-Unis, on n'est pas tenu d'avertir son employeur d'une grossesse avant d'être prête à prendre un congé de maternité, quelles que soient les circonstances.

Là-dessus, Zara marquait un point.

— Et ta grossesse n'est pas encore très avancée, continua cette dernière. En plus, il s'agit d'un engagement temporaire. Tu auras rempli ton contrat avant même de devoir prévenir qui que ce soit, y compris ton patron.

Cassie n'avait même pas songé à ça. Après tout, elle n'allait pas mentionner sa grossesse sur son CV. Julian n'était pas différent de tout autre employeur qui l'aurait conviée à un entretien d'embauche. Bien entendu, la donnée inconnue de l'équation, c'était Carlos. Mais selon Julian, ils n'avaient pas d'affaires en commun, et elle pouvait demander que Carlos ne soit pas au courant de leur relation professionnelle.

Sans se laisser le temps d'hésiter, elle déchira l'enveloppe et déplia les feuillets qu'elle renfermait. Elle avait beau s'attendre à son contenu, il lui fit tout de même l'effet d'un coup de poing à l'estomac. Le document détaillait la façon dont elle pourrait accéder aux rentrées régulières que lui vaudraient une rente viagère à son nom et la constitution d'une fiducie pour l'enfant, qui en disposerait quand il aurait seize ans.

Elle n'avait qu'à apposer sa signature, en acceptant de ne jamais prendre contact avec Carlos à l'avenir. C'était à lui qu'il revenait d'entreprendre toute démarche de ce genre.

Cassie fut envahie d'une déception cuisante et d'un profond sentiment de trahison. Non pas envers elle, mais envers son enfant qui ne connaîtrait jamais son père. Mal assurée sur ses jambes, elle gagna le vide-ordures et, sans hésitation, y jeta les feuillets.

— Tu es devenue bien silencieuse, dit Zara, la ramenant à leur conversation, qu'elle avait presque oubliée. Cela signifie que tu réfléchis à l'offre de Julian, j'espère ? Cassie, tu n'as rien à perdre.

Pour la énième fois de l'après-midi, Julian consulta son mobile. Toujours aucun signe de Cassie. Devait-il la contacter ? Une chose était sûre : il n'était pas du tout concentré sur cette réunion.

Il n'y avait aucune raison pour qu'il s'investisse à ce point dans ce recrutement, même si le poste en question devait être pourvu au plus vite. Mais dès l'instant où il en avait eu l'idée, il avait voulu qu'une personne en particulier, et celle-là seulement, assume ce rôle. Cela n'avait aucun sens. Il était le premier à l'admettre.

Alors, pourquoi son cœur se mettait-il à battre la chamade à la vue du numéro de Cassie, qui s'affichait enfin sur l'écran ? Il se leva en adressant un signe contrit à ceux qui l'entouraient.

— Excusez-moi, il faut que je prenne cet appel.

Il sortit de la salle de conférences, et gagna, au bout du couloir, un bureau privé.

— Je n'appelle pas à un mauvais moment ? demanda Cassie lorsqu'il décrocha.

— Pas du tout, assura-t-il, alors qu'il aurait dû rester dans la salle et concentrer son attention sur la présentation conçue tout exprès pour lui.

— J'ai une réponse pour vous.

— J'ai hâte de la connaître.

— J'aimerais accepter votre proposition. Je serais honorée de venir collaborer avec vous au Paraiso. Si votre offre tient toujours.

Julian eut l'impression d'être délesté d'un grand poids. Mais son soulagement ne l'empêcha pas de remarquer la précipitation avec laquelle elle avait prononcé ces mots.

— Bien sûr, dit-il. Le job est à vous.

Il regretta qu'elle ne soit pas présente, car il aurait désespérément voulu voir son visage. Quelque chose n'allait pas, sa voix tremblait. Comme si elle avait pleuré et tentait de se ressaisir pour aller au bout de cet appel. Subissait-elle quelque contrainte ? Remettait-elle déjà en question sa décision ?

Il chassa cette pensée. Il analysait trop les choses, c'était devenu une habitude, depuis Rosa. Il s'interrogeait sur ce qu'on lui disait, se demandait s'il y avait un message sous-jacent dans les paroles des autres.

— Je suis prête à commencer dès que vous en aurez besoin, ajouta-t-elle.

— Cela fait plaisir à entendre, Cassie. Vous ne regretterez pas votre choix.

Elle marqua un temps d'arrêt prononcé avant de répondre :
— Merci, Julian.

La communication s'arrêta là, mais il aurait juré qu'elle avait murmuré un commentaire, presque inaudible : « Pourvu que vous ayez raison. »

# 5.

Cassie se demandait toujours si elle ne rêvait pas. Julian lui avait réservé une place en première sur un vol pour Palma de Majorque dans les heures qui avaient suivi son appel. Il avait envoyé des documents, établi son contrat et fait virer une avance sur son compte en banque. Il ne perdait pas de temps !

À présent, moins de deux semaines après le coup de fil fatidique, elle s'apprêtait à débarquer, au terme de son premier vol international. Elle avait eu de l'appréhension à l'idée de prendre l'avion, se demandant comment son corps de femme enceinte réagirait aux odeurs de carburant et aux turbulences. Mais la traversée s'était révélée agréable, et ponctuée de petites siestes. Au moment de l'atterrissage, elle se sentait prête pour cette aventure.

Elle traversa l'aérogare, s'attendant à être accueillie par une voiture de fonction. Mais ce fut Julian en personne qui se porta à sa rencontre. Elle ne l'avait vu jusque-là qu'en costume de businessman. Il était maintenant en tenue plus décontractée : un pantalon de treillis et une chemise bleu ciel qui accentuait le noir intense de ses yeux. Au lieu d'être strictement lissés en arrière, ses cheveux ondulés retombaient sur son front. Elle eut un petit coup au cœur en le voyant. Cela ne promettait rien de bon ! Elle avait accepté cet emploi temporaire pour faire avancer sa carrière et profiter du dépaysement. Il n'y avait pas de place, dans tout cela, pour une quelconque aventure avec Julian. Il était son patron, rien d'autre.

Il l'aborda avec un grand sourire, et lui prit son bagage des mains.

— Cassie ! Je suis si content que vous soyez enfin arrivée.

— Moi aussi.

Elle le suivit hors du terminal, jusqu'à une voiture dont le chauffeur en uniforme délesta Julian des bagages et les rangea dans le coffre. Ils prenaient une voiture de fonction, au bout du compte. Pourtant, Julian s'était senti tenu de venir l'accueillir dans le hall. Devait-elle y voir un signe particulier ?

Elle se secoua. Qu'allait-elle chercher ? C'était ridicule. Julian voulait s'assurer que son employée était arrivée à bon port, voilà tout.

— Je crains qu'il y ait beaucoup de travail à abattre, dit-il. On pourrait discuter des choses les plus urgentes pendant le trajet. Quand nous serons au complexe hôtelier, il faudra que vous soyez opérationnelle d'emblée.

— J'ai hâte de commencer !

— Tant mieux.

Cassie avait lu les informations fournies sur le complexe hôtelier et ce qu'il offrait. Quelle excitation de participer à une aventure aussi innovante ! Même si cela n'avait guère provoqué de remue-ménage aux États-Unis, en Europe, l'hôtel à l'usage exclusif des femmes, dont Julian avait annoncé l'ouverture prochaine, suscitait l'attention des médias. Julian y était applaudi comme un entrepreneur audacieux et habile qui avait su repérer un grand manque à combler dans le marché. Les voyageuses étaient de plus en plus nombreuses à vouloir s'offrir des escapades luxueuses en compagnie d'autres femmes pour se détendre. Ou désiraient prendre des vacances en solitaire sans avoir à subir les attentions masculines indésirables que s'attirait inévitablement toute femme seule dans un hôtel.

Le Paraiso Del Sol était conçu pour cette clientèle. Doté de plus de cent chambres, dont nombre d'entre elles donnaient sur les eaux bleues et la plage, et d'une exceptionnelle piscine à débordement, il était le royaume de la mer et du soleil.

— Parlez-moi un peu plus du complexe touristique, dit-elle à Julian alors qu'ils entamaient le trajet.

La route plutôt cahoteuse menaçait de lui donner le mal des transports, alors elle porta son regard vers l'horizon.

— Ce qui ne figurait pas dans les brochures, précisa-t-elle.

— Nous en sommes encore à régler les problèmes, mais il y a beaucoup de choses à organiser en dehors de la natation et de la plongée sous-marine.

Cassie avait hâte de faire de la plongée avec tuba. Cela ne lui était arrivé qu'une fois, lorsqu'une camarade de classe l'avait invitée en vacances avec sa famille, à Cape Cod. La mer qu'elle avait sous les yeux était plus calme et plus bleue que celle de la côte du Massachusetts, mais sans doute froide à cette époque de l'année. Cependant, avec un peu de chance, elle pourrait pratiquer la plongée avant son départ. Elle se sentait déjà frustrée à l'idée de devoir partir, et se rappela que sa situation ici n'était que temporaire.

— Nous avons des formules spa qui combinent soins de beauté, massages et aromathérapie. Mais nous proposons aussi des leçons de plongée sous-marine avec des instructeurs professionnels, des cours de yoga et de fitness, des sorties en ville et les attractions locales.

Cassie devrait, pour sa part, veiller à ce que tout soit au point avant l'inauguration, puis se déroule sans accroc une fois les clientes arrivées. Elle collaborerait avec l'équipe de marketing pour faire connaître le complexe touristique à une vaste communauté de clientes. Elle mènerait les entretiens d'embauche et engagerait le personnel. Julian lui avait accordé un salaire généreux, mais il était clair qu'elle ne chômerait pas !

Elle n'envisageait pas sans appréhension d'aussi grandes responsabilités. En temps normal, elle aurait eu plus de confiance en elle. Mais, vu son état, chaque jour qui passait semblait entamer son énergie.

— Vous êtes bien silencieuse. Est-ce que tout va bien ? lui demanda Julian, assis près d'elle.

Avant qu'elle puisse répondre, la voiture cahota sur un nids-de-poule et le conducteur donna un coup de volant si brusque qu'elle fut projetée sur le côté. Droit vers Julian. Instinctivement, il lui entoura les épaules d'un bras protecteur.

L'espace d'un instant, elle se retrouva serrée contre lui et, lorsque les effluves de son eau de toilette lui effleurèrent les narines, elle réalisa que cette odeur, à présent familière, lui avait manqué.

— Tout va bien, *bella* ?

Ce mot tendre la déstabilisa un instant ; il ne lui avait jamais parlé ainsi. Mais là encore, il ne fallait pas y voir de signification particulière, elle en était sûre. Julian, plus à l'aise dans son environnement familier, se montrait plus décontracté. Elle réussit enfin à s'écarter et à s'adosser au siège. Se faisait-elle des idées, ou bien Julian l'avait-il tenue un peu plus longtemps que nécessaire ?

— Oui, tout va bien, dit-elle. J'aurais dû mettre ma ceinture.

— La route est un peu cahoteuse dans ce secteur.

— Oui, mais le paysage est magnifique, observa-t-elle pour nourrir la conversation.

Rien n'était plus vrai. Le bleu éclatant de la mer combiné à celui du ciel ennuagé où se découpaient des montagnes majestueuses composait un paysage qui semblait tout droit sorti du tableau d'un grand maître.

En lui donnant ce travail, Julian lui offrait une opportunité extraordinaire. Elle devrait faire preuve de discipline et d'énergie pour assumer sa tâche, sans négliger pour autant de veiller à sa santé et à celle du bébé. Elle ne pouvait pas se laisser distraire. Et certainement pas compliquer encore plus la situation en cédant à l'attirance qu'elle éprouvait pour son patron.

Environ une heure plus tard, ils s'arrêtaient au bout de la longue allée d'une demeure espagnole semblable à une bastide, donnant sur une plage immense – bande dorée entre le ciel et la mer aux bleus intenses.

Cassie ne put réprimer un mouvement de surprise lorsque Julian la mena à son appartement de fonction.

— C'est ici que je serai logée ?

— Oui. À moins que vous ne préfériez autre chose. Cela vous déplaît ?

Il plaisantait ! Qui n'aurait pas aimé un tel lieu ?

— J'ai pensé que la vue vous serait agréable, reprit-il en la menant vers les baies coulissantes qui s'ouvraient sur une terrasse surplombant la mer.

Et il avait vu juste. Le décor était à couper le souffle.

— C'est sublime, dit-elle.

Soudain, une drôle d'émotion lui noua la gorge. Quelques jours auparavant, elle n'aurait pas osé rêver de vivre un jour dans une villa espagnole de la côte de Majorque, face aux eaux claires de la Méditerranée.

— Merci, Julian, dit-elle en se retournant vers lui. J'en reste sans voix.

— Je suis heureux que cela vous plaise, *señorita.* Vous êtes la bienvenue ici.

— Vous n'étiez pas obligé de me donner une suite aussi luxueuse.

— Ne dites pas de sottises ! Je tiens à ce que mon employée la plus précieuse ait son confort pour être productive.

Il n'avait pas d'autre motivation, bien sûr. Elle était stupide d'être émue par ce geste.

— Tout de même, fit-elle. C'est sans doute une de vos meilleures chambres. Vous auriez pu la réserver pour les clientes.

Il lui décocha un grand sourire et un clin d'œil.

— Je suis ravi que vous pensiez ça, mais ce n'est pas une des suites de luxe. Elles ne sont pas encore tout à fait prêtes. Je veillerai à vous en faire visiter une dès que possible. Pour le moment, je vous laisse vous rafraîchir. Rejoignez-moi au rez-de-chaussée quand vous serez prête. Vous allez avoir droit à votre première session de formation.

— Super. J'ai hâte de m'y mettre !

Même si elle était fatiguée et affamée, Cassie était sincère en disant cela. L'excitation était un aiguillon efficace. Elle était impatiente de visiter le complexe et de se familiariser avec ses responsabilités.

— Ça fait plaisir à entendre, dit Julian. Mais il n'y en a pas que pour le travail, chez nous. Je crois que vous allez découvrir un des aspects les plus agréables du job.

— Ah ? fit-elle, intriguée et curieuse.

Il acquiesça avec un sourire malicieux.

— Surtout si vous avez faim.

Elle avait une faim de loup !

— Je ne refuserais pas de manger un morceau, maintenant que vous en parlez.

— Parfait. Je vous attends en bas, alors. Notre nouvelle chef cuisinière élabore des plats pour notre futur menu. Elle désire nous les faire tester. Je sais que cela ne figure pas dans le descriptif de votre poste, mais j'espère que vous nous accorderez une marge de manœuvre.

— Bien sûr ! J'ai hâte de goûter à ses plats, répondit Cassie.

Elle était pourtant perplexe. Quel avis pourrait-elle

avancer ? Elle n'avait rien d'un fin gourmet et n'avait guère eu d'occasions de découvrir les cuisines du monde.

— Mais je crains de ne pas avoir le palais assez fin, continua-t-elle. Je ne suis pas sûre de pouvoir vous aider.

Julian se pencha pour lui murmurer d'un ton de conspirateur :

— À votre place, je ne m'en ferais pas. Il suffira de lui dire si vous aimez ou pas. Entre nous, je crois que c'est sa façon de vous « accueillir à bord ».

— C'est vraiment gentil. J'ai hâte de la rencontrer.

— Alors, descendez dès que vous serez prête, *bella*.

De nouveau ce mot affectueux… Cassie ne pouvait pas dompter une sensation de chaleureux réconfort quand il le prononçait. Même si Julian l'employait sans doute sans y penser. Cela devait être une façon de parler, rien de plus.

— Je fais au plus vite, lui dit-elle.

Il se retira, et Cassie eut toutes les peines du monde à ne pas le remercier à n'en plus finir, comme au Harbor Hotel à Boston. Mais les mots auraient été impuissants à restituer ce qu'elle éprouvait, pensa-t-elle en contemplant une fois encore la pièce et le paysage majestueux.

Cassie devait le prendre pour un monstre sans cœur, pensa Julian en descendant l'escalier. Il allait lui donner le temps de se rafraîchir et de se restaurer après une journée de voyage, bien sûr ! Il se demanda combien de gens, dans la vie, avaient refusé de lui accorder la moindre considération. Ou combien de fois elle avait fait passer les besoins des autres avant les siens.

Eh bien, elle apprendrait vite que, en tant que directrice de sa résidence hôtelière, elle ne devrait céder la préséance à personne. Et certes pas à lui. Après tout, le lieu était dédié aux femmes. Donc, l'avis et la satisfaction de Cassie passaient avant les siens. Pendant les semaines à venir, elle serait son bras droit. Son égale. Leur première œuvre commune serait d'aider Safina, sa chef cuisinière, à élaborer le menu du restaurant principal.

Lorsqu'elle parut dans le hall, vingt minutes plus tard, Cassie semblait rafraîchie et prête à se mettre à l'œuvre. Elle s'était changée et portait une robe fluide en coton effleurant le genou. Elle avait de très jolies jambes. Il perçut, à son approche, son subtil parfum de rose. Elle avait relevé ses cheveux en un chignon informel qui révélait les contours délicats de son visage et lui donnait une allure à la fois élégante et décontractée.

Elle était tout à fait à sa place au Paraiso, et avait l'allure qu'il fallait pour diriger une telle résidence. Il ne l'avait engagée que pour un mois, mais il sentait qu'il avait fait le bon choix et qu'il aurait envie de rediscuter son contrat avant qu'il arrive à son terme.

— Je suis prête pour la dégustation, lui dit-elle gaiement.

Il lui rendit son sourire, puis lui offrit son bras pour la conduire à l'extérieur.

— Nous sortons ? demanda-t-elle.

— J'ai pensé que vous aimeriez prendre un peu l'air après de longues heures dans une cabine d'avion, expliqua-t-il en la guidant sur les marches en pierre qui menaient à la plage.

Elle lui pressa légèrement le coude, et à ce contact il fut parcouru d'un étrange frisson. Que lui arrivait-il, bon sang ? Il remarquait que la robe flattait sa silhouette et ses jolies jambes, était sensible à la fragrance de son parfum… Tout cela était inacceptable. Il menait depuis trop longtemps une vie d'abstinence. C'était sûrement ça, son problème. À quand remontait la dernière fois qu'il avait emmené une femme à la plage ?

Il refoula aussitôt les souvenirs indésirables que cette interrogation faisait jaillir dans sa mémoire. Des souvenirs destructeurs qu'il valait mieux laisser enfouis.

— Merci, Julian, lui dit Cassie. C'est très attentionné de votre part.

— C'est Safina qui a eu l'idée, marmonna-t-il, plus bourru qu'il ne le voulait.

En percevant ce changement de ton, Cassie relâcha quelque peu son emprise sur son bras.

Un instant plus tard, ils avaient rejoint la tente où Safina avait installé une longue table. Plusieurs mets y étaient disposés dans des plats en argent, maintenus au chaud sur des brûleurs. Safina portait une authentique toque de chef, et les accueillit avec des accolades chaleureuses. Après les premiers échanges, elle leur présenta un apéritif composé d'olives et de fromages du pays accompagnés de pain croustillant.

— C'est du *pan de sal*, un pain traditionnel, expliqua-t-elle à Cassie en lui détaillant sa préparation.

Julian observa Cassie, qui prit plusieurs bouchées et les dégusta les yeux fermés.

— Il faut absolument mettre ce hors-d'œuvre sur la carte, Safina.

Elle goûta ensuite une chaudrée, à base de cabillaud, apprêtée avec du jus de palourde, du citron et un savoureux bouillon de légumes, des herbes, des épices. De nouveau, son expression fut parlante. De toute évidence, elle était impressionnée par la soupe de poisson.

— C'est un plaisir pour le palais, Safina, dit-elle. Et quelle présentation ! Bravo !

La cuisinière rayonna à ce compliment.

— Merci. Je rêve d'être une de ces stars de la cuisine qu'on voit à la télévision, confia-t-elle.

La complicité innée des deux femmes était évidente. Cassie

avait un caractère agréable et bienveillant qui semblait mettre à l'aise ceux qui la rencontraient. Julian était sûr que cette qualité ferait mouche auprès de la clientèle. Il lui demanderait aussi de poser pour les brochures publicitaires, pensa-t-il.

Depuis qu'elle était là, il avait du mal à envisager de se passer d'elle. Ce sentiment très puissant en lui le déstabilisait tout à fait. *Dios !* Tout à l'heure, il l'avait appelée *bella*. Puis il l'avait touchée et tenue dans ses bras, dans la voiture. Il devait à tout prix se ressaisir ! Il ne devait pas la toucher à nouveau, ni avoir recours à des surnoms affectueux avec elle. Elle était son employée. Et envers une employée une telle attitude était inappropriée.

De plus, il ne pouvait pas se permettre de déraper ainsi. Cassie méritait bien mieux que ce qu'il avait à offrir.

# 6.

Cassie, émerveillée, avait l'impression d'être dans un rêve. Goûter des plats délicieux sur un merveilleux coin de plage… Elle n'avait jamais imaginé que cela ferait partie de son avenir. Pourtant, cela avait bel et bien lieu. Il lui semblait avoir droit à des vacances de luxe. Et elle allait être royalement payée pour ça. La chance lui souriait, pour une fois !

— Voilà, c'est terminé en ce qui me concerne, dit Safina en mettant à l'écart une dernière assiette de tapas. Si vous vous asseyiez pour manger ce qui reste ? Un serveur va bientôt venir débarrasser.

Elle désigna à Cassie et à Julian les deux chaises placées en bout de table, tout en disant cela.

— Pourquoi ne pas vous joindre à nous, Safina ? lui demanda Cassie.

Même si elle ne pensait pas que Julian y verrait un inconvénient, elle aurait sans doute dû lui laisser prendre cette initiative. Elle prenait un peu trop ses aises, pour un premier après-midi au complexe.

Mais Safina devait s'occuper d'une livraison apportée du continent par bateau.

— De plus, je n'ai pas arrêté de goûter des petites bouchées depuis ce matin, ça commence à s'additionner dans mon estomac, dit-elle avec un petit rire.

Et elle s'éloigna.

— Si on s'attaquait aux huîtres ? proposa Julian, tirant une chaise à Cassie.

Cassie eut un petit coup au cœur. Les huîtres se mangeaient crues, en général. Et s'il y avait une chose interdite à une femme enceinte, c'était de manger du poisson cru.

— Je ne suis pas portée sur les fruits de mer, dit-elle, espérant qu'il n'insisterait pas.

— Ah, mais celles-ci ont été grillées dans leur demi-coquille et assaisonnées d'une sauce piquante à base de poisson.

Cassie n'était toujours pas tentée. En fait, pour elle, les huîtres étaient un fruit de mer visqueux qui vous glissait dans la gorge, une sensation qu'elle trouvait déplaisante en temps normal, à plus forte raison maintenant qu'elle était enceinte. Sa réticence devait être visible, car Julian ajouta :

— C'est vous qui décidez, bien sûr. Mais puis-je vous confier un secret ?

— Sur les huîtres ? Allez-y.

— Il faut fermer les yeux quand on les met dans la bouche et qu'on les avale. Comme ceci, dit Julian, joignant le geste à la parole. Seul le goût entre en ligne de compte. Hum, elles sont délicieuses !

Pourquoi ne pas essayer ? pensa Cassie. Elle était hors de son environnement familier et allait de nouveauté en nouveauté. Pourquoi pas une de plus ? Elle prit donc une des demi-coquilles, ferma les yeux et ouvrit la bouche. Et n'aboutit qu'à manquer son but. Du jus se répandit sur son menton, et Julian se hâta de prendre une serviette pour l'essuyer avant qu'il atteigne sa robe. À ce geste, elle ne put retenir un léger soupir étranglé.

Lorsqu'elle releva les yeux, l'amusement s'était évanoui dans le regard de Julian. Quelque chose semblait brûler au fond de ses prunelles. Elle le regarda, dans l'attente, alors qu'il prenait la dernière huître grillée dans le plat et disait en lui relevant doucement le menton du bout de l'index :

— Laissez-moi faire, *por favor.* Pour me faire plaisir. Fermez les yeux.

Il avait parlé d'une voix caressante, et le contact de sa main était pareil à l'effleurement d'un tissu de soie. Elle en était toute retournée. Sans même réfléchir, elle obéit à ses instructions, écarta légèrement les lèvres, le souffle court. Le silence semblait s'être imposé autour d'eux, et on n'entendait que le bruit doux des vagues. Elle sentit l'huître sur sa langue, réussit à l'avaler, les yeux clos.

— Alors, qu'en pensez-vous ? demanda Julian.

Comme si elle était capable de penser ! Elle rouvrit les paupières. L'intensité du regard de Julian, posé sur elle, lui chamboula le cœur. Au bout d'un instant, elle réussit à dire :

— C'est plutôt bon. Mais je ne crois pas que je renouvellerai l'expérience.

Elle se leva précipitamment en se demandant si elle tiendrait sur ses jambes.

— Je vais empiler les assiettes, ce sera plus commode pour le serveur quand…

Elle n'alla pas plus loin. Safina, à quelques pas, les fixait, bouche arrondie d'étonnement. Elle avait été témoin de la scène !

— Je… Euh, j'ai oublié ma toque sur la table, dit-elle en s'éclaircissant la gorge.

Cassie aurait voulu pouvoir disparaître sous terre. Elle avait tant espéré se faire apprécier et respecter par l'équipe, à commencer par l'aimable chef cuisinière. Au lieu de cela, voici qu'elle était surprise à se faire donner la becquée par le patron ! Que devait penser Safina ?

Elle préférait ne pas le savoir. Si absurde que cela paraisse, car elles venaient à peine de se rencontrer, Cassie s'était déjà prise d'affection pour la cuisinière. Maintenant, celle-ci devait avoir une impression fausse à son sujet.

Elle s'était mise dans une situation ridicule, et cela, dès son premier après-midi au Paraiso ! Incapable de regarder Julian ou Safina dans les yeux, elle réussit à marmonner une vague excuse avant de s'éclipser.

Pendant les deux jours suivants, Cassie se concentra sur la tâche qui lui incombait : tenir fin prêts l'équipe et les lieux pour la grande inauguration. Elle examina des plans, arpenta la propriété, analysa des dizaines de CV – une tâche peu commode, vu la barrière de la langue – et passa du temps aux cuisines pour se familiariser avec le protocole des repas. Safina ne mentionna pas une fois la scène intime qu'elle avait surprise sur la plage. Elle avait pourtant dû en tirer des conclusions sur la relation de Cassie avec leur boss. Rien que d'y penser, Cassie avait le rouge aux joues. C'était vraiment humiliant.

Par ailleurs, qu'y avait-il précisément entre elle et Julian ?

Du diable si elle le savait ! La seule chose évidente était son attirance pour lui. Pendant la nuit écoulée, elle s'était réveillée au beau milieu d'un rêve torride, où la scène de la plage se déroulait très différemment. Tout d'abord, ils n'étaient pas interrompus. Et au lieu de partir, elle se retrouvait en situation intime avec Julian. Elle s'était réveillée en sursaut à ce moment-là, haletante, en nage, le cœur battant la chamade.

Jusqu'à ce rêve révélateur, elle avait voulu se convaincre que le trouble qu'il suscitait en elle était anodin, qu'il n'y avait pas de quoi fouetter un chat. Julian était très bel homme. Le maintien de son superbe physique s'expliquait aisément : impliqué dans tous les aspects du projet hôtelier, y compris la maintenance et les tâches les plus rudes, il était sans cesse en mouvement.

Et pour comble, elle trouvait que ce trait de caractère contribuait à sa séduction. Oh ! si seulement elle l'avait rencontré quelques mois auparavant ! Avant cette fatale soirée d'enterrement de vie de garçon, à Boston. C'était un regret absurde, bien sûr. Car c'est grâce aux événements de cette nuit-là qu'elle avait connu Julian.

À l'idée qu'il en ignorait tout, elle se sentait coupable. Mais que faire ? Le prendre à part pour tout déballer ? Elle imaginait d'ici sa réaction… Et à quoi cela les mènerait-il ? Elle ne pensait pas qu'il serait contrarié au point de la licencier, mais cela créerait un malaise. Or elle avait bien assez de préoccupations comme ça !

Cela était peut-être le fruit de son imagination, ou l'excitation de sa nouvelle vie, mais elle aurait juré avoir senti le bébé bouger dans son ventre, la veille au soir. Elle avait beau savoir qu'il était bien trop tôt pour ça, elle était convaincue que le petit être qui grandissait en elle lui rappelait sa présence. C'était à la fois excitant et angoissant.

Comme si elle pouvait oublier un seul instant que son enfant viendrait au monde dans quelques mois !

En attendant, elle devait garder son calme et faire du bon travail. Ce serait un grand pas en avant pour garantir un avenir sûr à son enfant. Elle tenait à le lui offrir, et avait des sueurs froides à l'idée d'un éventuel échec. Elle ne devait surtout pas devenir comme sa mère, si l'on pouvait appeler ainsi Marion, une femme trop égoïste, trop instable et irresponsable pour être considérée comme telle. Celle-ci n'avait jamais manqué une occasion de rappeler à Cassie qu'elle n'avait pas été désirée. Et certes, le fait d'être ballottée de foyer d'accueil en foyer d'accueil était là pour le prouver.

Par contraste, Cassie, même si sa grossesse ne s'était pas

produite comme elle l'aurait voulu, aimait déjà son bébé de tout son être.

Elle se jura de ne jamais lui faire défaut. De ne jamais permettre que quoi que ce soit fasse obstacle à ce but. Surtout pas son attirance indésirable pour un homme qui lui était interdit.

Cassie l'évitait, pas de doute. Il fallait être stupide pour ne pas le voir. Oh ! il ne l'en blâmait pas. Ne s'était-il pas juré de rester très professionnel avec elle ? Et il avait pourtant presque tenté de la séduire sous les yeux de sa chef cuisinière !

Accoudé au bastingage de son voilier, Julian contempla le ciel étoilé de Majorque, et lâcha un juron étouffé. Il n'y avait pas de place dans sa vie pour une idylle. Il n'était tout simplement pas prêt. Pas après le fiasco avec Rosa, l'humiliation qu'elle lui avait infligée.

Sans parler de l'inauguration du complexe hôtelier, qui devait avoir la priorité sur sa libido !

Il devait veiller à ce que Cassie soit à l'aise avec lui pour accomplir son travail. Il n'était pas sûr que ce soit le cas. Si attirance entre eux il y avait, elle les déstabilisait tous les deux. Alors, il devait trouver le moyen de dompter le penchant qu'il éprouvait pour la jeune femme.

Ce ne serait pas facile. Ils devaient gérer beaucoup de choses ensemble, à commencer par la visite en voilier, le lendemain, des divers spots de plongée auxquels leurs clientes auraient accès.

Il était avant tout un homme d'affaires et ne devait pas l'oublier. Même s'il ne pouvait pas s'empêcher de penser sans cesse à elle.

# 7.

On n'aurait pas pu rêver meilleur temps pour une journée de voile dans la baie. Sous le soleil radieux, la mer était paisible et d'un bleu scintillant. Il faisait encore trop froid pour plonger, mais Julian pourrait au moins montrer à Cassie les endroits où leur clientèle pourrait s'adonner à cette activité.

Il la regarda approcher sur le quai, vêtue d'un grand chapeau de paille et d'une robe bain de soleil. Puis il l'aida à monter à bord du yacht de croisière qu'il avait acquis pour les excursions de plongée libre.

Il s'était juré, la veille, de garder ses distances. En la voyant, pourtant, il comprit une fois de plus qu'il aurait du mal à y parvenir. Elle avait pris depuis son arrivée un léger hâle qui exaltait ses yeux bruns et ses cheveux noirs. La robe d'un rouge ardent s'accordait à la perfection avec sa carnation dorée. C'était une femme merveilleuse qui avait dû attirer l'attention de bien des hommes. En fait, il était surpris qu'il n'y en ait aucun dans sa vie. Il se demanda si ce n'était pas dû à une rupture récente, et difficile. Cela aurait expliqué pas mal de choses…

Cassie l'accueillit avec un large sourire, une fois à bord, tenant à bout de bras un sac en toile.

— Safina nous a préparé des sandwichs.

— Ils seront très appréciés, j'en suis sûr.

Quelques instants plus tard, ils voguaient vers l'une des nombreuses criques qui bordaient l'île. Julian lui indiqua les endroits où les clientes pourraient faire de la plongée libre, ou paresser et nager, tout simplement.

— C'est d'une telle beauté, ici, Julian ! Vos clientes vont adorer. Et je ferai passer le message à l'équipe de marketing.

— Rectification, *bella*, dit-il en lui donnant une chiquenaude sur le nez – non sans avoir conscience d'avoir recouru au mot affectueux qu'il s'était interdit de prononcer –, ce seront *nos* clientes.

Il vit que les prunelles de Cassie s'étaient obscurcies, et elle détourna le regard vers l'horizon.

Julian navigua pendant encore une heure avant de retirer les jumelles qu'il portait autour du cou et de les remettre à Cassie. Puis il la prit doucement par les épaules pour lui faire adopter le bon point de vue. Une vague de chaleur déferla en lui lorsque ses paumes rencontrèrent la peau nue de Cassie. Il devait cesser de la toucher ! Il ne put pourtant pas s'y résoudre.

— Là, comme ça, dit-il en amenant les jumelles devant les yeux de Cassie. Vous pouvez voir de près les montagnes calcaires.

— C'est magnifique. Cet endroit est enchanteur.

— Alors, nous allons y jeter l'ancre pour savourer notre déjeuner.

Ils mangèrent en silence, n'échangeant que quelques propos sur la beauté de l'île et sur la vision que Cassie en avait.

— Pourquoi avez-vous choisi cette île pour votre complexe hôtelier ? demanda-t-elle entre deux bouchées.

— Ma famille possède pas mal de terres sur la côte. Après la mort de mon père, c'est à moi qu'a échu la responsabilité de savoir qu'en faire, dit-il.

Il regarda au loin, songeant à l'amour de son défunt père pour ces lieux, aux fréquentes visites qu'ils y avaient faites dans son enfance pour nager et faire de la plongée. Tout était si simple, alors !

— Parlez-moi de lui, lui demanda Cassie d'une voix douce et pressante.

Les pensées qu'il nourrissait au sujet de son père étaient toujours douces-amères et éveillaient sa mélancolie. Mais il fut heureux d'avoir l'occasion de parler de lui à Cassie. Il avait envie qu'elle sache quel genre d'homme il avait été. Il dut cependant s'éclaircir la gorge pour dissiper son émotion.

— Mon père était un être exceptionnel. Il s'est fait tout seul, alors qu'il n'était qu'un tout jeune adolescent issu des quartiers pauvres de Barcelone. À force de labeur et de détermination, il a réussi à acheter des terres de valeur et a monté plusieurs affaires. Une fois établi, il a voué sa vie à être un bon père et un bon mari. Nous avons été anéantis lorsque nous l'avons perdu.

Julian n'avait pas envie de parler de Carlos. Il se garda donc de raconter comment son cousin adoptif, qui se comportait très mal à l'adolescence, était carrément devenu rebelle après la mort de son père. Sa conduite avait ajouté du drame et des souffrances dans une famille déjà éprouvée. Julian ne mentionnerait pas non plus le nombre de fois où il avait tiré Carlos d'un mauvais pas, voire payé sa caution pour le sortir de prison.

— Et il n'y avait que vous pour remplacer votre père, dit avec douceur Cassie.

— Impossible, fit Julian. Il était irremplaçable.

— Il me semble pourtant que vous vous en êtes remarquablement bien tiré. D'après ce que j'ai lu sur vous jusqu'ici, vous avez fait fructifier les affaires familiales.

Il y avait de l'admiration dans la voix de Cassie, et cela fit très plaisir à Julian. Qu'il était donc ridicule d'être aussi ému par ce compliment ! pensa-t-il.

— Cette région est en pleine expansion. J'ai essayé de la préserver intacte le plus longtemps possible. Mais, vu le développement alentour, il fallait agir. J'ai voulu trouver une offre différente.

— D'où l'idée d'un complexe hôtelier exclusivement réservé aux femmes.

— Tout juste.

— J'espère avoir l'occasion de faire de la plongée avant mon départ, se risqua à dire Cassie après quelques moments de silence.

— Vous êtes une plongeuse passionnée, c'est ça ?

Cassie pouffa.

— Je n'en ai fait qu'une fois ! Et j'ai adoré. Il y a tant de merveilles à voir sous l'océan.

— Alors, pourquoi n'avez-vous pas remis ça ?

— Je n'ai eu que cette opportunité. Une amie m'avait invitée à partir en vacances avec sa famille.

— Quel dommage ! L'occasion ne s'est jamais représentée ?

— Oui et non. Une famille d'accueil où j'avais été placée se rendait en Floride tous les étés. Une équipée de pêche sous-marine était toujours au programme. J'étais impatiente d'y participer, mais ça n'a pas eu lieu, soupira Cassie.

— Pourquoi ?

— Ma mère s'est manifestée ce printemps-là. Elle a voulu me reprendre. Pour la énième fois. L'été venu, elle avait convaincu le tribunal qu'elle était sevrée et sobre, prête à se comporter en mère digne de ce nom. Inutile de dire que ça n'a pas duré. Et je n'ai jamais revu cette famille d'accueil.

Julian avait toujours été conscient d'avoir été gâté par la vie. Mais en entendant Cassie, il mesurait à quel point il avait eu de la chance d'avoir deux parents aimants et dévoués. Même s'il avait perdu l'un d'eux prématurément.

Il n'avait à présent qu'une envie : prendre Cassie dans ses bras et effacer sa tristesse. Puis savourer le baiser auquel il rêvait. Il voulait l'embrasser jusqu'à ce qu'elle oublie son chagrin pour ne plus penser qu'à lui, au goût de son baiser, à la douceur de ses caresses.

Il se força à refouler ce désir égoïste.

Cassie continua, après un autre soupir nostalgique :

— C'était l'une des fois où je me suis juré d'être radicalement différente lorsque je serais mè…

Avant qu'elle achève sa phrase, un coup de vent emporta presque son chapeau de paille, et fit tanguer le voilier. Soudain, elle devint livide et porta la main à sa bouche.

— Est-ce que ça va ? demanda-t-il.

Elle se leva tant bien que mal, la main toujours plaquée contre sa bouche.

— Oui, ça va, dit-elle d'une voix étouffée. Je crois que j'ai mangé un peu trop vite, c'est tout. Excusez-moi.

Là-dessus, elle s'éloigna vers l'escalier qui descendait sous le pont.

Julian acheva de déjeuner, et pensa qu'il valait mieux empaqueter ce qui restait. Il était temps de prendre le chemin du retour, de toute façon. Levant l'ancre, il fit virer le voilier.

Il s'inquiéta en voyant que Cassie n'était toujours pas revenue au bout de plusieurs minutes. Elle n'avait pourtant pas eu le mal de mer pendant la matinée ni au début de l'après-midi. Et si la brise s'était accentuée, ce n'était tout de même pas un vent fort. Il balançait doucement le bateau, sans plus. Pour sa part, il trouvait ça plutôt apaisant. Mais il faisait de la voile depuis toujours et avait le pied marin. Leur conversation avait peut-être été un peu troublante…

Il s'apprêtait à jeter l'ancre à nouveau pour voir ce qu'elle devenait lorsqu'elle reparut sur le pont. Visiblement très mal assurée sur ses jambes.

— Est-ce que vous vous sentez mieux ? lui demanda-t-il.

Elle n'en avait pas l'air. Elle était encore plus pâle, et avait des cernes marqués.

— Si ça ne vous dérange pas, j'aimerais retrouver la terre ferme, dit-elle. D'ici là, je vais m'allonger.

De toute évidence, elle avait un mal de mer carabiné. Alors, pourquoi ne le disait-elle pas ?

— Pas de problème, répondit-il.

Mais elle était déjà redescendue dans la cabine.

# 8.

C'était donc ça, les nausées matinales ! Cassie avait navigué sur des eaux bien plus tumultueuses, par le passé, et n'avait jamais eu de malaise. Ce qu'elle venait d'éprouver – les haut-le-cœur, les nausées, le besoin pressant d'expulser ce qu'elle avait avalé depuis le matin – n'était comparable en rien à ce qu'elle avait dû affronter jusque-là.

Dès qu'ils furent à quai, elle se hâta vers sa suite. Heureusement, Julian ne posait guère de questions.

— Vous ne tarderez pas à avoir le pied marin, lui dit-il alors qu'elle courait presque sur le ponton menant au rivage.

Il ajouta en criant alors qu'elle s'éloignait :

— Je passerai vous voir tout à l'heure !

Cassie l'entendit à peine tant elle avait hâte de disparaître. Elle n'avait pas envie qu'il soit témoin du malaise suivant. Car il y en aurait un autre, c'était clair.

Quand elle sortit de sous la douche, ses nausées n'étaient presque plus qu'un mauvais souvenir, Dieu merci. Il serait bon qu'elle aille consulter un médecin à la clinique locale pour trouver une solution…

Après s'être essuyée, elle enfila une robe à taille haute, ample et confortable, puis ouvrit sa porte afin de regagner le hall. Pour se heurter à Julian. Au sens littéral. Ils se percutèrent avec un bruit sourd.

— Oh !

Elle trébucha et, alors qu'elle partait en arrière, elle eut un élan de panique. *Le bébé.* Mais deux bras puissants la saisirent par la taille pour la retenir. Cassie fut soulagée quand Julian rétablit son équilibre. Il continua à la tenir enlacée, la laissant reprendre son souffle.

— Est-ce que ça va ? lui demanda-t-il.

— Je… je crois.

— Vous avez toujours du mal à tenir debout ?

— Un peu.

Il ne la relâcha pas. Et elle n'était pas pressée de se délivrer de son étreinte. Dans ses bras, elle se sentait à l'abri, protégée. Comme si elle pouvait enfin respirer librement. La senteur familière de Julian, mélange d'eau de toilette et d'air marin, et la chaleur de son corps l'enveloppaient comme un cocon. Elle réalisa soudain ce qu'elle avait refusé de voir jusque-là. Avec Julian, elle se sentait en sécurité, et elle commençait à avoir des sentiments pour lui. C'était compliqué, mais elle aurait été stupide de se voiler la face. Attirance mise à part – et elle en avait beaucoup –, elle éprouvait une affection sincère pour cet homme. Cela s'était produit presque à son insu. Elle n'était pas prête pour cela.

— Êtes-vous sûre de ne souffrir que du mal de mer ? insista-t-il. Il vaudrait peut-être mieux que Safina ou un membre de l'équipe vous emmène en ville, à la clinique.

Cassie en eut la bouche toute sèche. Elle était au pied du mur, et devait dire la vérité. Autant la lâcher tout de suite, et advienne que pourra. Son seul espoir était qu'il comprendrait pourquoi elle la lui avait tue.

— Julian, il faut que je…

C'est alors qu'elle entendit des pas dans le couloir. Ils n'étaient plus seuls. En regardant par-dessus l'épaule de Julian, elle vit à quelques pas une femme d'âge mûr. Vêtue d'un tailleur-pantalon élégant, parée de grandes créoles dorées, elle avait des cheveux noirs ondulés et des yeux qui lui semblaient familiers. Mais en quoi ?

Cassie ne savait pas si elle devait être soulagée ou contrariée par cette interruption. Elle ne savait pas si elle retrouverait le courage d'apprendre sa grossesse à Julian.

La nouvelle venue avait tout l'air d'être le genre de cliente qu'ils désiraient attirer. Mais ils n'attendaient personne avant plusieurs semaines. Julian avait-il lancé à l'avance des invitations à titre de test ? Si c'était le cas, il aurait dû l'en avertir.

— *Hola !* lança la femme avec un petit signe de main et sans cesser de sourire.

Julian relâcha Cassie en laissant couler un soupir, lui adressa un clin d'œil puis pivota sur lui-même pour accueillir la nouvelle venue.

— *Buenos días, mamá.*

Julian avait désespérément envie de prolonger ce moment avec Cassie pour s'assurer qu'elle allait mieux. Mais cela devrait attendre. Il lui redemanda tout de même :

— Vous êtes sûre que ça va ?

Elle lui octroya un signe de tête rassurant, même si elle n'avait toujours pas quitté des yeux la visiteuse.

— Tu ne nous présentes pas, mon fils ? demanda celle-ci avec un sourire entendu.

Oh ! il savait ce qu'elle pensait après avoir surpris leur étreinte, même si elle n'avait rien eu de romantique. Cependant, le moment était mal choisi pour clarifier la situation. Prenant Cassie par le coude, il l'emmena jusqu'à sa mère.

— Je te présente Cassie, maman. Ma nouvelle directrice.

Maria haussa légèrement les sourcils, en tendant la main à Cassie.

— Directrice ? Je vois…

À en juger par son intonation, elle se trompait du tout au tout ! Julian réprima un juron. Il n'avait pas envie de subir la conversation que sa mère lui infligerait plus tard. D'ailleurs, que pourrait-il lui dire ? Qu'il ne fallait pas se fier aux apparences ? Il n'aurait guère pu s'expliquer. Il ne se comprenait pas lui-même. Il savait seulement qu'il s'était inquiété pour Cassie depuis qu'elle s'était éclipsée en courant à leur retour à quai. Comme elle ne revenait pas à son poste de travail, il avait éprouvé le besoin de s'assurer qu'elle allait bien. Quand donc s'était-il angoissé au sujet de la santé d'une employée ?

La réponse était : *jamais.*

Il en était venu à tenir à Cassie. Il devait affronter ce fait. Le lien qu'il avait avec elle allait au-delà d'une relation de patron à employée. C'était ce qu'il avait voulu éviter, et pourtant cela s'était produit à son insu. Alors, comment aurait-il pu s'en garder ?

Pour le moment, il avait une question plus urgente à régler : sa mère. Que faisait-elle ici ?

— Je suis venue voir mon fils aîné, dit alors Maria, en anglais. J'en avais assez d'attendre une invitation.

Julian soupira.

— Nous ne sommes pas prêts à recevoir des hôtes. Tu aurais été la première à être invitée dès que nous l'aurions été, lui assura-t-il.

Le sourire de sa mère s'effaça quelque peu.

— Je suis tout de même plus qu'une simple invitée, non ? Elle détacha enfin les yeux de Cassie pour aller embrasser tendrement son fils.

— Et puis tu me manquais, *mi niño.*

— Tu m'as manqué aussi, maman. Je m'inquiète seulement de ne pas pouvoir te recevoir comme il faut, dans l'état d'impréparation où nous nous trouvons.

— Et c'est pour ça que je n'ai pas annoncé mon arrivée. Je me doutais que tu chercherais à me dissuader de venir.

Sur ce point, elle disait juste. Julian adorait sa mère, mais il n'avait ni le temps ni la disponibilité mentale pour s'occuper d'elle en ce moment, avec tout ce qu'il avait à assumer.

Cassie s'éclaircit la gorge. Quand elle prit la parole, Julian fut surpris par la fermeté de sa voix. Avec un peu de chance, elle allait réellement mieux.

— Je vais vous préparer une chambre, dit-elle.

Sa mère reporta sur elle son regard observateur.

— Merci, mon petit. J'espère que ce n'est pas un souci de trop.

— Pas du tout, *señora* Santigo.

— S'il vous plaît, appelez-moi Maria.

Cassie sourit.

— Bien sûr. Merci. Bon, je vais m'occuper de la chambre.

— Je suggère la 717, dit Julian à Cassie qui s'éloignait. Dans le bâtiment Del Sol. Le badge magnétique d'ouverture est derrière le comptoir de réception. Vous aurez besoin de le programmer.

Cassie acquiesça par-dessus son épaule, continuant à marcher.

— Cette jeune femme est ta directrice, hein ? dit sa mère lorsque Cassie fut tout à fait hors de portée de voix.

— Oui, *mamá*. Et c'est tout.

— Puisque tu le dis, *mi niño*.

— Elle fait de l'excellent travail bien qu'elle débute à peine. Je l'ai dénichée en Amérique. À Boston. Alors, arrête de me regarder avec cet air-là.

Maria porta une main à son cœur avec une mine innocente, mais son regard espiègle la trahissait.

— Quel air ?

— Comme si tu avais hâte que je te fasse une confidence. Il n'y a rien à révéler.

— Tu prétends que les apparences sont trompeuses, c'est ça ? Que je ne devrais pas croire ce que j'ai vu de mes yeux en m'engageant dans ce hall.

— C'est exactement ça, maman. Laissons tomber le sujet, s'il te plaît.

Maria lui adressa un sourire affectueux.

— Bien sûr, mon chéri. Je ne veux pas te contrarier. Mais je m'inquiète pour toi. Tu as changé, depuis…

Julian mit à profit l'hésitation de sa mère pour couper court.

— Je sais que tu te fais du souci. Mais il n'y a pas de raison. Je suis allé de l'avant. Tout comme Rosa.

Sa mère parut sur le point d'en dire plus, mais se ravisa et se tut. Il n'était pas dupe. Ce n'était que partie remise.

Combien de fois serait-elle surprise dans une attitude inappropriée avec Julian ? D'abord Safina, puis maintenant Maria Santigo !

Cassie retapa un oreiller et l'expédia sur le vaste lit surmonté d'un dais flottant. C'était de loin l'une des plus belles suites du complexe. « La Deluxe », c'était ainsi qu'elle serait présentée dans les brochures et publicités.

Cassie savait maintenant de qui Julian tenait son physique. Maria Santigo était une beauté. Elle avait de l'élégance, beaucoup de classe, des qualités que pour sa part Cassie ne posséderait jamais. Elle avait horreur de l'admettre, mais la venue de Maria l'avait confrontée à sa profonde différence avec Julian. Non que cela eût de l'importance. Elle l'avait peut-être échappé belle, lorsque l'arrivée de la mère de Julian avait empêché sa confession.

Pourquoi faire porter ce fardeau à Julian ? Si elle voulait se conduire intelligemment, elle ferait de son mieux pour briller dans son travail et obtenir une lettre de recommandation, puis irait de l'avant. Il était inutile que Julian et sa mère la sachent enceinte d'un homme qui ne voulait rien avoir à faire avec elle, songea-t-elle en s'affalant de tout son long sur le matelas. Pourquoi sa vie était-elle devenue si compliquée ?

— C'est la question que je me pose presque tous les jours, répondit une voix masculine depuis le seuil.

Seigneur ! Elle avait parlé à voix haute sans s'en rendre compte ! Elle avait intérêt à voir un médecin. Le chamboulement de ses hormones la désorientait tout à fait.

— Je venais de finir, Julian, dit-elle en se redressant d'un bond.

Il sourit, amusé.

— C'est ce que je constate.

— Je testais le matelas.

Julian, rieur, entra dans la pièce.

— Et quelle note obtient-il ?

— Euh… Une très bonne note. Cette suite est vraiment agréable.

Cassie promena le regard sur la pièce richement meublée, tout en harmonie de beige et de noir, et dont la vaste baie vitrée offrait une vue dégagée sur la mer.

— Espérons-le, dit Julian après un profond soupir. Ma mère est parfois difficile à contenter.

— Elle est vraiment charmante.

Cassie ne trouvait pas d'autre mot pour décrire Maria Santigo. On ne l'intimidait pas facilement, depuis son enfance. Mais la mère de Julian y était parvenue.

— Je lui ferai part du compliment. Elle adore ça.

— Bon, je me retire. Que votre mère puisse s'installer.

Julian la retint avant qu'elle ait pu franchir plus de quelques pas. Pourquoi fallait-il qu'elle se sente défaillir chaque fois qu'il la touchait ? Contre lui, elle semblait sans défense.

— Il y a autre chose ?

— Oui. Je veux vous montrer quelque chose avant que vous ne partiez. C'est une caractéristique des suites « Deluxe ». Une caractéristique révolutionnaire, si je puis me permettre.

Curieuse, Cassie se demanda quel pouvait bien être l'atout secret de cette suite dotée d'un jacuzzi, d'une salle de bains en marbre et d'objets d'art qui valaient à eux seuls plus que son propre appartement !

Julian la mena vers un panneau en bois du mur opposé. Elle avait supposé que c'était un placard. Mais l'ouverture du panneau révéla une sorte de tableau de bord avec divers boutons et manettes.

— Qu'est-ce que c'est ?

— Un diffuseur personnel d'aromathérapie, répondit Julian.

— D'aromathérapie ? Encastré dans le mur ?

— Un design high-tech. Nous allons essayer la lavande, dit-il en relevant une des petites manettes.

Presque aussitôt, une fine brume se dispersa depuis divers coins de la pièce, et la senteur apaisante de la lavande se diffusa dans l'air.

— Ça alors…

Cassie en était sans voix. Elle se contenta de humer l'arôme qui lui apaisait les nerfs.

— Vous voulez essayer ? proposa Julian.

— Euh… Bien sûr.

Elle avait toujours aimé l'association de la lavande et de la vanille, qui lui rappelaient son unique voyage à Cape Cod. La mère de son amie en avait un flacon, sur la tablette du lavabo de la chambre d'amis. Cassie n'avait jamais osé mettre le parfum, mais elle l'avait humé avant de se coucher, pendant son séjour.

— Quelle manette pour la vanille ? s'enquit-elle.

Julian la lui désigna, et elle la releva comme il l'avait fait pour la lavande. Aussitôt, la délicieuse odeur de la vanille se mêla à celle qui embaumait l'air. Cassie inspira profondément.

— C'est divin, Julian. Quelle idée géniale !

— Je suis content que ça vous plaise.

Il eut un sourire si sincère qu'elle aurait aimé le graver à jamais dans son esprit. Il était réellement content de l'avoir épatée.

Était-ce dû aux arômes qui flottaient dans l'air, ou au luxe qui les environnait ? Cassie n'aurait su le dire, mais soudain l'atmosphère avait changé. Julian inclinait la tête vers elle. Avant qu'elle n'y prenne garde, il lui avait relevé le menton entre ses doigts. Puis, alors qu'elle n'était plus capable de former une pensée cohérente, ou de parler, il posa les lèvres sur les siennes.

Ce fut un contact très doux, le plus léger des baisers. Mais il suffit à lui emballer le cœur. Ce baiser exprimait la virilité incarnée, la tentation extrême. Julian avait la saveur qu'elle lui avait supposée. La réalité surpassait même son imagination !

Un bruit de pas approchant du seuil fit à Cassie l'effet d'une douche froide. Elle se força à s'écarter. C'était sûrement la mère de Julian.

Le cœur battant, elle chercha à tempérer les battements de son cœur.

— Cassie…

Elle leva une main pour le faire taire, puis quitta la suite sans mot dire en espérant qu'il ne la suivrait pas. Elle avait besoin d'un moment d'intimité pour réfléchir à ce qui venait de se produire. Et pour déterminer la conduite à adopter.

Car elle avait savouré ce baiser. Beaucoup trop.

# 9.

Trois jours plus tard, sous la douche, Cassie éprouva une sensation redoutée. Quelque chose n'allait pas, elle le sentait. Elle s'était agitée pendant la nuit, attribuant sa nervosité à la fatigue et à l'angoisse. Elle s'était répété que tout irait bien, qu'elle avait seulement besoin de ralentir le rythme. Mais à présent, alors qu'une crampe douloureuse lui crispait le bas-ventre, elle ne pouvait pas ignorer ces signes annonciateurs.

Elle ferma les yeux, murmurant une prière. *S'il vous plaît, faites que mon bébé aille bien.*

Elle sortit de la cabine de douche, et se sécha. Elle n'avait plus le choix. Elle devrait prévenir Julian à la dernière minute, mais il fallait qu'elle prenne une journée de congé pour aller en ville, consulter à la clinique. La sécurité du bébé avant tout.

Julian insisterait pour l'emmener en voiture, probablement. Et elle n'avait pas le cœur de refuser. C'était le meilleur moyen de transport. Et il était peut-être temps de révéler sa grossesse ! Plus elle gardait le secret, plus elle le trouvait lourd à porter…

Quand elle arriva dans le hall, il y était déjà, en T-shirt à col en V et pantalon de treillis. Il semblait avoir travaillé pendant des heures. Devant lui, sur le comptoir, étaient étalés des documents techniques sur les terrains d'activités. Ils devaient examiner ce matin la possibilité d'ajouter d'autres équipements aux courts de tennis. Cela devrait attendre.

L'angoisse qu'elle éprouvait dut transparaître sur son visage, car Julian lâcha son stylo et la rejoignit en quelques enjambées.

— Qu'est-ce qu'il y a, Cassie ? Vous vous sentez encore mal ?

Elle eut les larmes aux yeux de le voir si inquiet, et se sentit coupable. Le besoin de tout lui dire la submergea. Mais pas maintenant. D'abord, elle devait voir le médecin.

— Je le crains, finit-elle par dire. Je voudrais me rendre à la clinique. Par précaution.

Julian n'hésita pas. Il courut prendre ses clés de contact derrière le comptoir.

— On y va, fit-il.

— Je peux demander un taxi, Julian. Vous n'êtes pas tenu d…

Mais il ne l'écoutait pas, et la poussa en douceur vers la sortie. Quelques instants plus tard, ils roulaient sur la route sinueuse qui menait au centre-ville.

À la clinique, Julian tint à l'accompagner à l'intérieur. Et en un rien de temps, elle se retrouva sur une table d'examen. Au bout de quelques minutes qui lui parurent interminables, un médecin parut et la salua en anglais. C'était un petit homme à la calvitie naissante, avec un regard bienveillant. Après l'avoir examinée, il lui octroya un sourire rassurant.

— Vous pouvez vous détendre. Tout va bien, apparemment. Il est courant d'avoir de légères crampes pendant le premier trimestre de grossesse, lui dit-il.

Cassie ne put retenir des larmes de soulagement. Pour un peu, elle l'aurait serré dans ses bras pour le remercier !

Il ajouta cependant :

— Mais, par sécurité, j'aimerais vous garder quelques heures encore. Si possible jusqu'à demain.

Elle acquiesça, reconnaissante.

— Nous allons surveiller le bébé par électrocardiogramme. Afin de rassurer tout le monde. Je suis sûr que votre mari serait d'accord.

Cassie accepta d'emblée, et ne rectifia pas son erreur au sujet du « mari ». À quoi bon ? Cela ne ferait que susciter des suppositions et des questions sur lesquelles elle n'avait pas envie de s'appesantir.

— Une infirmière va vous conduire dans une chambre à l'étage, dit le médecin. Attendez ici un instant.

Une fois qu'il fut sorti, Cassie essaya de rassembler ses idées. Le plus important était que son bébé était en bonne santé. Mais elle devait maintenant affronter une épreuve supplémentaire : avouer à l'homme auquel elle s'était profondément attachée ce qu'elle lui avait tu.

Il aurait été déloyal de continuer à taire la vérité à Julian. Elle ne devait plus manquer de courage. Il avait le droit de savoir. En tant qu'employeur, mais aussi parce qu'il comptait beaucoup pour elle. Comment arriverait-elle à trouver les mots qu'il fallait ?

On frappa à la porte. L'infirmière venait la chercher, sans doute. Dès qu'elle serait installée dans sa chambre, elle lui demanderait de faire venir Julian.

— Entrez ! dit-elle.

Mais la personne qui entra n'était pas l'infirmière. C'était Julian. Et à son air secoué, il était évident que la confession serait inutile : il savait.

*Tonto !* Pauvre fou ! Combien de fois allait-il se comporter en imbécile ? Au sujet d'une femme, de surcroît. Encore ! Tout prenait son sens, maintenant. Avec le recul. Mais il avait été trop aveugle pour voir ce qu'il avait sous le nez : Cassie était enceinte.

De Carlos, sans doute. Même s'il ne pouvait pas en avoir la certitude. C'était en tout cas une possibilité qui tenait debout. Et Cassie n'avait pas jugé bon de le lui dire. Même après ce qui avait éclos entre eux.

Était-elle toujours éprise de Carlos ? Julian eut un accès de fureur. L'histoire se répétait, et il se sentait ridicule. Il n'apprendrait donc jamais ! Il n'avait même pas encore commencé à affronter les sentiments qu'il avait pour Cassie, et voici que cette révélation le frappait comme un coup de massue !

Il avait arpenté le couloir pendant dix bonnes minutes avant de se résoudre à entrer dans la chambre. Plus d'une infirmière lui avait jeté un regard curieux, se demandant pourquoi il n'allait toujours pas voir la mère de son enfant. Si elles avaient su ! Si *lui-même* avait su !

Comment n'avait-il rien deviné ? L'enveloppe que Carlos avait voulu qu'il remette en mains propres… Son cousin avait laissé croire à une transaction d'affaires. Julian aurait dû voir clair dans son jeu et, au lieu de cela, il avait encore accordé le bénéfice du doute à Carlos Alhambra !

Quoi qu'il ait pu se produire, Cassie aurait toujours avec Carlos un lien capital. Et permanent – quels que soient les sentiments qu'elle avait pour lui. Cette pensée lui retournait les sangs, si égoïste qu'elle fût. Carlos ne méritait pas Cassie !

*Je la veux pour moi tout seul.*

Elle était assise sur la table d'examen, l'air bouleversé et interrogateur.

— L'équipe a supposé que j'étais le père, dit-il, répondant à son interrogation silencieuse.

Cassie voulut parler, mais n'y parvint pas. Elle était plus pâle que jamais. Julian se sentit soudain coupable. Elle venait d'avoir vraiment très peur, sans doute. Et il ne se préoccupait que de ce qu'il venait de découvrir et de ce que cela impliquait *pour lui.*

Il avait intérêt à se calmer, à voir la situation d'ensemble. Ils parleraient, sans doute, et il aurait l'occasion de lui poser toutes les questions qui le tarabustaient.

— Julian, vous devez sav…

Il leva la main pour l'empêcher de continuer.

— Plus tard, *bella.* Je suis venu voir comment vous alliez.

— Vraiment ?

Il hocha la tête.

— Ils vous gardent ici cette nuit, à ce que j'ai compris. De quoi avez-vous besoin pour votre confort ?

Les larmes montèrent aux yeux de Cassie, puis se mirent à couler sur ses joues. *Dios !* Il détestait voir pleurer une femme. Surtout celle-ci. Et il n'était pas fier de lui. Même si on ne pouvait guère lui reprocher, après tout, sa réaction dans la salle d'attente – il avait reçu le choc de sa vie. Mais à l'idée que c'était en partie à cause de lui qu'elle pleurait, il avait envie de la serrer dans ses bras. Il résista de toutes ses forces à la tentation.

Cassie baissa la tête, essuyant ses pleurs d'un revers de main.

— Euh, merci. C'est gentil. J'ai une trousse de toilette, dans ma suite.

— C'est noté.

— Et un pyjama est plié sur le lit. Il est plus confortable que ça, dit-elle en désignant sa blouse d'hôpital.

Elle lui adressa un petit sourire contraint. Il ne parvint pas à le lui rendre, même en se forçant.

— Je veillerai à ce que vous les ayez. Quoi d'autre ?

— Je ne vois pas… Rien.

— Envoyez-moi un SMS si quelque chose vous revient après mon départ.

— Merci, Julian. Sincèrement.

— De rien.

— Et…

— Oui ? fit-il, même s'il connaissait la suite.

— Je suis désolée.

Ce fut lui, alors, qui détourna les yeux.

— Moi aussi, Cassie.

Il était sincère. Il était si navré qu'il n'arrivait pas à être plus présent pour elle, en ce moment. Elle n'avait pas eu assez confiance en lui pour lui dire la vérité, qui ne s'était révélée que par accident. Elle n'avait pas voulu qu'il sache.

Était-ce par une sorte de loyauté envers Carlos ? De nouveau, l'amertume lui serra la gorge à l'idée qu'elle cherchait peut-être à protéger son cousin parce qu'elle tenait à lui.

Que devait-il en déduire en ce qui le concernait ? Avait-elle éprouvé les émotions qu'il avait ressenties pour elle ? Probablement pas.

Il sortit pour aller chercher les affaires de Cassie au Paraiso. Incapable de la voir pleurer. Et se défiant de lui-même.

Oh ! pourquoi n'avait-elle pas démenti la supposition inexacte du médecin au sujet de Julian ? Cassie n'avait pas imaginé une seconde qu'il lui parlerait et provoquerait cette catastrophe. Elle cilla pour refouler de nouvelles larmes. Elle n'était pas près d'oublier l'expression d'ironie amère de Julian lorsqu'il était entré. Comment pourrait-elle justifier sa décision de n'avoir pas révélé la vérité ?

Il lui avait dit qu'ils parleraient. Mais elle ne savait pas ce qu'elle lui dirait ! Le mieux était de répondre honnêtement aux questions qu'il poserait et de faire face aux conséquences. Il n'était pas impossible qu'elle perde son travail.

Non, elle refusait de croire que Julian puisse se montrer aussi dur. Il n'avait rien de commun avec Martin Gregor, son ex-boss de Boston. Julian se souciait d'elle, et elle l'avait trompé sans le vouloir. Elle n'avait pas dit de mensonge, mais mentir par omission ne valait guère mieux ! Il fallait qu'elle s'explique. Elle n'avait jamais trouvé le bon moment pour parler à Julian. D'autant qu'au début il n'était que son patron temporaire et non l'homme dont elle s'était éprise.

Car elle devait admettre la réalité : elle était tombée amoureuse de Julian Santigo.

Elle eut un long soupir. Elle trouverait le moyen de lui parler, même si elle ne savait pas comment s'y prendre. Elle affronterait la situation quand elle se présenterait. Pour le moment, l'attitude la plus saine était de se concentrer sur le bébé. Elle voulait qu'il soit heureux, en bonne santé, et que son avenir soit assuré – contrairement à ce qu'elle avait connu pour sa part.

Elle avait blessé Julian. Elle avait vu sa réticence à son égard, tout à l'heure. Et elle avait cru que son cœur se briserait en mille morceaux. En voyant sa déception patente, elle avait éprouvé une douleur presque physique. Et la bonté dont il faisait preuve en allant chercher ses affaires ne faisait que remuer le couteau dans la plaie. Comment pouvait-il encore se montrer si gentil avec elle ?

Une fois installée dans une chambre à l'étage, elle sentit l'épuisement la gagner. Après sa terrifiante angoisse pour le bébé et l'émotion causée par la réaction de Julian, elle n'avait qu'une envie : dormir, sombrer dans l'oubli. Elle ne résista pas au sommeil qui la terrassait.

Quand elle se réveilla, elle n'avait aucune idée de l'heure. Plusieurs fils reliaient son ventre au moniteur placé au-dessus de son lit. Sa trousse de toilette et son pyjama étaient sur la table roulante proche. Elle réalisa en tressaillant qu'elle n'était plus seule.

*Julian...*

Mais, alors que ses pupilles s'accommodaient à la lumière, elle vit que ce n'était pas lui qui était à son chevet. Pour Dieu sait quelle raison, la mère de Julian était là. Cassie cilla, se demandant si elle avait des visions ou une sorte de rêve éveillé.

— Vous êtes réveillée, dit Maria en lui octroyant un sourire.

— Euh… oui.

— Vous vous sentez mieux ?

À vrai dire, Cassie était surtout en pleine confusion.

— Oui, merci, dit-elle pourtant.

Elle se retint à grand-peine de demander à Maria la raison de sa présence. Puis elle comprit. Julian avait promis de rapporter ses affaires, mais n'avait pas eu envie de s'en charger. Il ne voulait plus l'approcher.

— Julian m'a demandé de venir voir comment vous alliez, dit Maria.

— Je vois.

Maria lui tapota la main.

— Il est très inquiet à votre sujet. Mais il a dû partir régler un problème de maintenance.

Cassie n'y croyait pas une seconde.

— Vous n'auriez pas dû sacrifier votre temps pour rester à mon chevet, *señora* Santigo, dit-elle.

Mais elle était touchée que Maria se soit donné cette peine. Alors qu'elle n'était pour elle qu'une étrangère.

— Nous étions convenues que vous m'appelleriez Maria.

Cassie pensa qu'elle ne méritait pas tant de gentillesse. Et que savait Maria, exactement ? Julian lui avait-il dit de quoi il retournait ? Savait-elle que, d'une certaine façon, le bébé était pour ainsi dire sa nièce ou son neveu ? Seigneur ! Et si elle croyait qu'il était de Julian ?

Son mouvement horrifié dut parler pour elle, car Maria lui serra la main.

— Vous n'avez rien à m'expliquer, ma petite. Julian m'a priée de vous apporter vos affaires et de m'assurer que vous alliez bien. Je me suis dit que vous aimeriez un peu de compagnie. Pour ma part, je n'aimerais pas me réveiller seule dans une chambre d'hôpital avec toute une série de tubes reliés à mon ventre. En pays étranger, qui plus est.

Cassie ne sut que dire. Comment aurait-elle pu exprimer sa gratitude ? Si elle avait été seule en se réveillant, elle se serait sentie désorientée et anxieuse. Elle était contente d'avoir une présence rassurante à ses côtés. Maria paraissait pleine de bonté et semblait se soucier d'elle. Il n'y avait guère de personnes dont Cassie aurait pu en dire autant !

La veille, elle aurait inclus Julian dans cette catégorie. Tout avait changé, aujourd'hui.

— Merci, Maria. Du fond du cœur. Je vous suis vraiment reconnaissante.

Maria sourit avec douceur.

— De rien. Vous n'êtes pas la première dans cette situation, et vous ne serez pas la dernière.

Ces paroles n'avaient rien de précis. Mais une chose était sûre. Maria ne croyait pas que Cassie attendait un enfant de Julian. C'était elle qui avait fantasmé à ce sujet. Dans un monde meilleur, le bébé aurait été celui d'un homme bien tel que Julian. Et la femme bienveillante assise près d'elle aurait fait une belle-mère et une grand-mère idéale, rêva Cassie.

Non, elle ne devait surtout pas penser en ces termes ! La réalité était ce qu'elle était. Et il faudrait qu'elle l'accepte.

Maria Santigo était toujours là lorsque Cassie se réveilla à nouveau, deux heures plus tard. La jeune femme aurait dû s'en réjouir. Mais elle eut un élan de déception parce que la personne qui veillait sur elle n'était pas Julian. Quel égoïsme de sa part !

Maria lui adressa un gentil sourire, levant les yeux de son tricot, quand elle la vit réveillée.

— Avez-vous besoin de quelque chose, mon petit ?

— Non, merci. Mais cela me fait de la peine de voir que vous êtes restée.

— Ne vous inquiétez pas pour ça. Julian m'a apporté un ouvrage de tricot en cours.

Cassie se redressa un peu sur ses oreillers.

— Il est venu ?

Quelle frustration de l'avoir manqué ! Cela lui aurait mis du baume au cœur de le voir, ne fût-ce que quelques minutes. Et de pouvoir jauger ses sentiments à son égard.

Mais cela valait peut-être mieux comme ça. Ils auraient sans doute été très mal à l'aise.

— Il n'a pas voulu vous réveiller, dit Maria.

— Et… Comment va-t-il ? risqua Cassie.

— Il… essaie de se faire à l'idée.

Soudain, Maria émit un soupir, puis abandonna son tricot.

— Que vous a dit mon fils, *mija* ?

— À quel sujet ? fit Cassie, quelque peu déroutée.

— Sur lui. Vous a-t-il parlé ?

Cassie devint songeuse. Que savait-elle de Julian ? Que c'était un riche homme d'affaires qui avait veillé sur les siens après la mort d'un chef de famille très aimé. C'était à peu près tout. Elle savait peu de choses, en fait, sur l'homme qui était devenu si important pour elle en si peu de temps.

Maria poussa un nouveau soupir.

— Pas vraiment ? Je m'en doutais, dit-elle. Je ne trahirai pas sa confiance en entrant dans les détails. C'est à lui qu'il revient de partager cela avec vous. Et j'espère qu'il le fera.

Cassie l'espéra aussi. Mais elle doutait que Julian se confierait. Puisqu'il ne l'avait pas fait jusque-là.

— Mon fils n'a pas ouvert son cœur à beaucoup de gens. Et la dernière fois qu'il l'a fait, on le lui a brisé.

Cassie sentit sa gorge se nouer. Julian *avait aimé une femme.* Qui l'avait blessé. Une douleur étrange la transperça.

— Je vois, parvint-elle à dire tant bien que mal.

— Pour être franche, je ne m'attendais pas à ce que cette relation résiste à l'épreuve du temps. Ils étaient très différents et menaient des vies très différentes.

Tout comme elle-même et Julian, pensa Cassie, qui se garda de le dire.

— Mais, continua Maria, il a été pris au dépourvu lorsque c'est arrivé. La façon dont ça s'est terminé l'a humilié. Il n'y était pas préparé, il n'avait rien vu venir.

— Il s'est senti trahi dans sa confiance.

— C'est ça. Le fait qu'elle ait tout gardé pour elle s'ajoutait à la déception de cette relation manquée. Il avait cru son avenir tout tracé. Et il le méritait, après la disparition de mon bien-aimé Rafael et tout ce qu'il avait accompli en lui succédant. Ensuite, acheva Maria, il s'est retranché en lui-même. Éloigné de tous. Il faut vous attendre à ça.

Cassie hocha la tête. Elle comprenait le message que Maria tentait de faire passer. Il ne restait qu'une question en suspens : était-il trop tard pour réparer ?

# 10.

Cassie arpentait la propriété depuis trois quarts d'heure lorsqu'elle trouva enfin Julian. Il était temps qu'ils règlent les choses. Elle tiendrait compte de tout ce que Maria lui avait dit la veille au soir.

Julian s'entretenait avec un fournisseur près de la plus petite piscine à débordement, située à l'extrémité du complexe. Il le congédia lorsqu'il vit venir Cassie. À en juger par son air résigné, il avait perçu sa détermination.

— Que puis-je pour vous, Cassie ?

Il était si cérémonieux, si distant ! Comme si jamais il ne l'avait tendrement embrassée quelques jours plus tôt dans la suite parfumée de vanille et de lavande.

— Nous devons parler, vous ne croyez pas ?

— Vraiment ? dit-il avec un haussement d'épaules.

Comment pouvait-il se montrer si désinvolte ?

— Je le pense, oui.

Il désigna le fauteuil en face de lui. Mais elle était trop agitée pour s'asseoir. Elle vint plus près de lui.

— Je suis désolée, Julian. Je le répète.

Il détourna le regard vers la plage. La Méditerranée brillait comme un saphir sous le soleil. En d'autres circonstances, Cassie aurait aimé contempler le décor, jouir de sa beauté.

— De quoi vous excusez-vous, exactement ?

— De ne pas vous avoir averti. Je peux seulement dire que j'en ai eu l'intention. Plusieurs fois.

— Je vois, fit-il avec une profonde inspiration. Alors, merci. J'accepte vos excuses.

— Julian, je vous en prie, dites quelque chose ! Et pas des mots creux qui sonnent faux.

Il resta si longtemps silencieux que Cassie faillit abandonner, s'en aller.

— Soit. Dans ce cas, je suppose que j'ai une question à vous poser.

Enfin ! Ils allaient peut-être parvenir à quelque chose !

— Demandez-moi tout ce que vous voulez. Je promets d'être aussi honnête que possible.

Il eut bel et bien un sourire narquois, à cette déclaration. Elle décida de l'ignorer.

— Quand comptiez-vous me le dire, exactement ?

— En fait, chaque fois que j'essayais d'en trouver le courage, les circonstances sont venues contrecarrer ma résolution, avoua Cassie. Je n'ai jamais eu l'intention d'être malhonnête, Julian. Je voulais faire au mieux mon travail pendant la durée de mon contrat. Sans complications.

— Très bien. Il n'y a rien de plus à dire, dans ce cas.

Il allait se lever, mais elle le retint en posant une main sur son épaule.

— M'autorisez-vous une ou deux questions ?

Il hocha la tête, sans la regarder.

— Allez-vous me licencier ? demanda-t-elle.

Il en resta sidéré. Comme si cette idée ne lui avait jamais traversé l'esprit.

— Bien sûr que non. Tout ce qui m'importe, c'est que vous puissiez faire votre travail sans nuire à votre santé et à celle de votre…

Il s'interrompit, comme s'il ne pouvait pas se résoudre à prononcer le mot.

— Il fallait que je sache, que je sois sûre, dit-elle.

— Vous pouvez l'être. Il est même prévu que nous

visitions un site archéologique susceptible de figurer dans nos options d'excursion. Les ruines de la cité romaine de Pollentia. Si vous vous en sentez capable, évidemment.

— Bien sûr.

— Vous n'allez pas vous imposer une épreuve ? demanda-t-il avec une inquiétude sincère.

— Pas du tout. Le médecin m'a donné le feu vert pour reprendre des activités normales.

— Visiter des ruines n'en fait guère partie.

— Je vais bien ! insista Cassie.

— Tant mieux. C'est entendu comme ça, alors, dit-il en tournant les talons.

— Attendez, j'ai encore une question.

Il se pinça l'arête du nez. Cassie avait le sentiment qu'il était à bout de patience. Elle s'était laissé dire que les Espagnols avaient un tempérament impétueux. Si c'était vrai, il savait contenir ce trait de caractère. Au demeurant, il aurait été imprudent de le faire sortir de ses gonds. Après tout, elle voulait garder son job, et Julian restait son patron.

— Je vous écoute, dit-il en continuant à détourner le regard.

— Pourquoi avez-vous envoyé votre mère à mon chevet ? Vous auriez pu vous contenter de déposer mes affaires à la clinique. Vous pouviez les confier à un membre du personnel. Pourtant, vous avez envoyé votre mère. Pourquoi ?

Enfin, Julian posa franchement les yeux sur elle.

— Ce n'est pas un grand mystère. Safina avait congé pour la journée. Et je pensais que vous préféreriez la compagnie d'une femme. Une autre mère, en fait.

Cassie se força à ne surtout pas trahir le soulagement qui l'envahissait à ces mots, anodins en apparence. Même en état de choc après sa découverte, il s'était soucié d'elle, avait réfléchi à la meilleure ligne de conduite, et avait agi en conséquence.

— Vous aviez raison, dit-elle en guise de remerciement. Votre mère a été une grande source de réconfort.

— J'en suis heureux, fit-il avec un haussement d'épaules.

Elle venait d'apprendre plus de choses qu'il n'aurait pu l'imaginer. Et qu'elle n'aurait pu l'espérer. Il n'était peut-être pas trop tard, après tout…

Julian savait qu'il ne pourrait pas longtemps éviter Cassie. Il avait presque été soulagé lorsqu'il l'avait vue venir d'un air si résolu, pendant son entretien avec le fournisseur. Même s'il n'avait pas la moindre idée de ce qu'il pourrait lui dire.

En réalité, elle lui avait manqué et, même à présent qu'il la savait enceinte, il redoutait le moment où elle s'en irait.

C'était pour cela qu'il avait eu un coup au cœur lorsqu'elle l'avait questionné sur le job. L'espace d'un éclair, il l'avait crue prête à donner sa démission et à partir. Que le ciel lui vienne en aide ! Il était vraiment épris de cette femme qui attendait un enfant d'un autre. De son *cousin* adoptif, en fait.

Chaque fois qu'il pensait au père de cet enfant, il avait envie de fracasser quelque objet contre le mur. Carlos était irréfléchi, immature et irresponsable. Dire qu'il avait été doté d'un tel cadeau, et lui avait, de toute évidence, tourné le dos. Certains hommes ignoraient leur chance !

Julian s'attendait à ce que Cassie se retire, maintenant qu'ils avaient crevé l'abcès. Mais, à sa grande surprise, elle tira un fauteuil et s'attabla avec lui.

— Je vous jure que si j'avais cru, lorsque j'ai accepté ce travail, que mon état affecterait mes capacités, je vous aurais dit non tout de suite. Avez-vous assez confiance en moi pour le croire ?

— La confiance, ce n'est pas à sens unique, Cassie.

Elle lui jeta un regard vif. Il avait capté son intérêt, et développa sa pensée.

— Regardons les choses en face. Le fait est qu'à aucun moment vous ne m'avez fait suffisamment confiance pour me mettre au courant, Cassie.

Elle accusa le coup, et il se sentit coupable. Mais il ne regretta pas sa franchise. Puisque Cassie voulait jouer cartes sur table, elle y aurait droit. Même si elle ne lui avait pas accordé la pareille.

— Vous avez dit que vous détestiez être ridiculisé. Et qu'on vous croie conquis d'avance.

— Et ?

— Que s'est-il passé ? Je sais que je n'ai aucun droit de le demander, mais je le fais quand même.

Il ne put retenir un léger rire. On voyait qu'elle n'avait pas eu accès aux journaux à scandales et aux sites web espagnols deux ans auparavant. Elle connaîtrait toute l'histoire, sinon.

— Vous ne vous passionnez pas pour les faits et gestes des familles royales, j'imagine ?

Depuis deux ans, il refusait d'aborder le sujet, même en famille.

— Je crains que non, dit-elle.

C'était bien ce dont il s'était douté.

— J'étais fiancé, il y a deux ans, lâcha-t-il.

Elle tressaillit, à peine mais visiblement. Elle était surprise.

— Fiancé ? Quel rapport avec les familles royales ? Je ne comprends pas.

— Mon ex-fiancée était la princesse Rosa Maria de la Garza.

Cassie arrondit les yeux.

— Vous alliez épouser une princesse ? !

— *Sí.*

— Et vous avez rompu ? demanda-t-elle en trébuchant sur ces mots.

— Nous n'avons pas rompu *d'un commun accord.* C'est elle qui l'a fait. Elle m'a plaqué devant l'autel.

— Oh ! Julian !

— Ses noces avec un comte espagnol étaient prévues depuis sa naissance. Mais elle jurait qu'elle refusait un mariage arrangé. Qu'elle voulait se marier par amour. Même si cela impliquait que sa famille la renie et qu'elle soit coupée de ceux qu'elle aimait. Je l'ai crue. J'ai eu tort.

Il n'en dirait pas davantage, décida-t-il. Il était inutile qu'il mentionne la demeure qu'il avait acquise pour Rosa, les rénovations entreprises en vue d'accueillir une grande famille, car elle parlait d'avoir au moins trois enfants. Et les projets qu'ils avaient formés et auxquels elle avait si facilement renoncé, au bout du compte.

— Elle m'a préféré le titre nobiliaire et le style de vie qui l'accompagne. J'ai découvert à mes dépens qu'elle s'était elle-même piégée dans une rébellion illusoire. Elle a fini par épouser le comte qui lui était destiné. Ils ont un fils qui vient d'avoir un an, je crois.

Cassie garda un long moment le silence. Il l'avait bel et bien choquée. En fait, il s'était choqué lui-même. Après avoir refusé pendant des mois de discuter de son mariage manqué, il était surpris d'avoir pu en parler si facilement avec Cassie. Il était aussi étonné de n'avoir pas ressenti la désillusion qui le lancinait toujours à la mention du nom de Rosa. Il ne s'était pas attendu à cette évolution.

— Je propose qu'on reparte de zéro, finit par dire Cassie. Nous décidons qu'il n'y aura plus de secrets. Que nous nous ferons confiance. Marché conclu ?

Il émit un profond soupir, puis serra la main qu'elle lui tendait.

— Marché conclu.

Une *princesse* ! Julian avait été fiancé à une authentique princesse espagnole. Cassie sentit monter en elle un rire nerveux, alors qu'elle s'éloignait de la piscine à débordement pour regagner sa chambre. Dire qu'elle avait lutté contre son attirance pour lui, qu'elle pensait réciproque ! Qu'elle avait donc été ridicule !

Dans sa suite, elle succomba à la curiosité, alluma son ordinateur pour faire une recherche. En tapant le nom de Julian, elle obtint une foule d'articles et de photos relatant leur coup de foudre suivi d'un mariage annulé.

La princesse de Julian était d'une beauté saisissante. Brune, avec un beau visage racé, elle était l'incarnation de l'aristocrate européenne. Avec ce je-ne-sais-quoi qui signait son éducation et son appartenance à la caste qui l'avait vue naître.

Cassie aurait beau s'y évertuer, jamais elle ne pourrait y prétendre !

# 11.

Cassie était à court de mots alors qu'elle contemplait les vestiges de l'antique cité disparue.

— C'est stupéfiant, Julian.

Dans les *ruines romanes* de Pollentia, sur l'île de Majorque, subsistaient trois zones de l'ancienne ville romaine : le quartier résidentiel, le théâtre et le forum – cœur de la ville antique où se trouvaient les temples, les commerces et l'administration.

— On peine à croire qu'on contemple les fondations d'une ville active il y a plusieurs siècles.

— J'ai toujours trouvé le lieu impressionnant, admit Julian.

Ils se trouvaient dans le quartier résidentiel connu sous le nom de *Sa Portella*. Cassie s'était documentée sur le site archéologique après que Julian lui eut parlé de leur future visite, l'autre jour.

— Plus qu'impressionnant, dit-elle. Quand on voit les restes de ces trois villas, avec leurs atriums pour donner de l'air et de la lumière… J'ai l'intention de présenter cet endroit comme un des points forts de nos sorties de découverte. Enfin, si vous êtes d'accord.

— Je vous laisse prendre l'initiative là-dessus, Cassie. Vous semblez savoir où vous allez.

Cassie avait des tas d'idées de toutes sortes. Depuis que Julian était au courant pour le bébé, et qu'elle était rassurée sur sa grossesse, elle se sentait délivrée d'un grand poids.

Elle devait simplement arrêter de penser que son compagnon avait failli devenir prince par alliance…

— Je m'étonne que vous ayez hésité à inclure cet endroit dans nos offres d'excursions, reprit-elle.

— Je voulais votre avis. Beaucoup de touristes se contentent de bronzer toute la journée et de nager. Majorque a de très belles plages.

— En tant que native de Boston, je pense que beaucoup de touristes américaines voudraient connaître l'histoire de l'île. Cet endroit est un bon début pour se familiariser avec une partie de son passé.

— Dans ce cas, c'est désormais officiel : ce site sera une des destinations proposées dans l'un de nos forfaits. Si nous allions voir le théâtre ?

Il leur fallut quelques minutes pour gagner au pas de promenade, à partir de la zone résidentielle, le secteur où subsistaient les vestiges de l'ancienne arène. Cassie savait par ses lectures qu'on l'avait utilisée pour les manifestations sportives, les représentations théâtrales et musicales. Les anciens Romains qui avaient conquis l'île n'étaient pas très différents des aficionados d'aujourd'hui.

Un mouvement, aux pieds de Cassie, la fit sursauter, et elle faillit faire la culbute. Preste, Julian la retint.

— *Dios*, souffla-t-il, la tenant fermement. Attention ! Ce n'est pas le moment de tomber, dans votre état.

— Une chute n'est jamais bienvenue, répondit-elle avec une désinvolture qui n'était qu'apparente.

En se retrouvant dans les bras de Julian, elle avait le cœur tout retourné. Il la stabilisa et la délivra de son étreinte.

— Qu'est-ce que c'était ? demanda-t-elle.

— Un lézard. Ou toute autre bestiole du même genre.

Cassie frissonna. Elle n'avait guère vu de lézards en grandissant en Nouvelle-Angleterre. En levant les yeux, elle remarqua qu'une petite famille la regardait avec sollicitude. La maman demanda :

— *Estás bien ?*

— *Sí*, répondit Julian, ajoutant que Cassie avait seulement été surprise.

Cassie adressa aux visiteurs un sourire rassurant, et ces derniers reprirent leur visitc – un papa et une maman, avec leur petite fille de six ou sept ans. En les regardant, elle éprouva une nostalgie lancinante. Les parents se donnaient la main, la fillette tournoyait sur l'arène. Le père et la mère l'applaudissaient avec des sourires indulgents.

Si charmante et émouvante que fût cette scène, Cassie, confrontée à ce qu'elle ne connaîtrait peut-être jamais, détourna les yeux. Elle s'était toujours juré que, lorsqu'elle serait mère, elle s'efforcerait de faire les choses bien et d'être différente de sa propre mère. Mais hélas, elle n'aurait pas droit à la famille idyllique dont elle avait rêvé…

Abruptement, elle grimpa sur les gradins de pierre, s'éloignant de Julian, comme si elle éprouvait un intérêt aussi vif que soudain pour les hauteurs du théâtre. Mais en réalité, elle ne cherchait qu'à dissimuler les larmes qui lui montaient aux yeux.

Alors que Cassie regardait la petite famille, Julian, lui, avait regardé Cassie. Sa nostalgie douloureuse était peinte sur son visage. Et pour la énième fois, Julian maudit son cousin, qui l'avait traitée avec si peu de considération.

Elle méritait pourtant mieux ! Elle était intelligente, dévouée, talentueuse. Il était sûr qu'elle ferait une maman merveilleuse. Cassie Wells faisait partie de ces gens qui saisissaient la vie à pleines mains et se donnaient entièrement. Malgré une enfance difficile, elle avait réussi par elle-même.

Julian la suivit du regard alors qu'elle atteignait le haut

des gradins et s'asseyait sur une pierre avec une lassitude visible. Il n'était pas responsable des agissements de Carlos, mais il souhaitait pourtant de tout son cœur arranger les choses pour Cassie.

— Je voulais voir la vue d'ici, lui dit-elle.

Sans en avoir conscience, il s'était assis si près d'elle que leurs genoux se touchaient. Il percevait la senteur fleurie de son shampoing. La chaleur de son corps paré d'une robe en coton se communiquait à lui.

— Nous ne sommes pas obligés d'en parler mais, si vous en avez envie, je suis là, dit-il.

Elle eut un rire doux.

— Je suis si transparente que ça ?

— Pardon, Cassie. Je peux vous laisser seule, si vous le souhaitez.

— Non, fit-elle aussitôt. S'il vous plaît.

Pendant quelques instants, ils demeurèrent côte à côte, en silence. Pour finir, elle dit :

— On raconte des horreurs sur les enfants placés aux États-Unis. Mais ce n'est pas l'expérience que j'en ai eue, vous savez.

— Ah ?

— J'ai eu de la chance, j'imagine. Les familles auxquelles on m'a confiée prenaient leurs responsabilités au sérieux.

— Je suis heureux de l'entendre.

— Donc, je savais ce que c'était d'appartenir à un foyer équilibré, avec des parents dignes de confiance, qui se souciaient de mes résultats scolaires et faisaient tout pour que je me sente accueillie.

Il se rappela ce qu'elle avait dit sur les apparitions inopinées et répétées de sa mère, clamant ses droits. Cela avait dû être si perturbant pour une enfant, ou une jeune adolescente ! Ne sachant trop comment répondre, il lui prit la main. Elle ne la retira pas.

— On peut rester assis encore un moment ? demanda-t-elle au bout d'un assez long silence. Je vais essayer de me distraire en imaginant le genre de pièce qu'on donnait ici du temps des Romains.

— Nous pouvons rester aussi longtemps que vous voudrez.

Elle se tourna vers lui alors, un sourire éclairant de nouveau son visage. Il en fut tout retourné, et des frissons de plaisir le parcoururent à l'idée qu'il avait pu concourir, si peu que ce soit, à effacer la tristesse qui l'avait frappée. De tout son cœur, il voulait être l'homme qui faisait éclore ce sourire radieux.

Depuis la visite des vestiges romains, une semaine s'était écoulée. Et tout semblait avoir changé. Un observateur attentif aurait remarqué que la grossesse de Cassie commençait à être visible. Le léger renflement était bien là et, souvent, elle ne pouvait pas s'empêcher de caresser son ventre, un geste que Julian avait plusieurs fois surpris.

Après avoir passé la réception, Cassie fut surprise de voir que son patron n'était pas seul dans son bureau. Il y avait là une femme, à laquelle il faisait signer un document, semblait-il. Cassie lui trouva quelque chose de familier et, alors qu'elle jetait un œil par l'entrebâillement, Julian remarqua sa présence et lui fit signe d'entrer.

— Ah, Cassie, je suis content de vous voir ! J'aimerais vous présenter notre dernière recrue.

Il avait engagé quelqu'un sans l'en informer ? Elle avait dû laisser passer quelque note administrative... Soudain, elle reconnut la nouvelle venue – une infirmière de la clinique. Une des tâches de leur interminable liste de choses à faire était d'engager une professionnelle disponible sur place en cas d'urgence. Mais, bien avant l'arrivée de clientes dans le complexe touristique, ce n'était pas une priorité.

— Vous vous souvenez de Larissa, j'espère ? dit à présent Julian.

Cassie tendit la main.

— Bien sûr. J'ai plaisir à vous revoir, Larissa. Merci de vous être si bien occupée de moi il y a quelques jours.

Elle interrogea Julian du regard. Devinant sa question informulée, il précisa :

— J'ai décidé d'engager le personnel médical. Autant que ce soit réglé.

L'infirmière adressa un sourire à Cassie.

— Grâce à vous, je ne perdrai pas la main en attendant l'arrivée des clients.

Cassie comprit enfin. Elle ne savait pas très bien si elle devait fustiger Julian ou le serrer dans ses bras pour le remercier.

— Dans un premier temps, continua Larissa, nous ferons des contrôles réguliers de la tension, et des auscultations. Et nous veillerons à ce que vous soyez bien nourrie et hydratée. Nous pouvons commencer cette semaine, si vous êtes d'accord.

— Bien sûr.

Une fois Larissa sortie, Cassie ferma la porte du bureau et se tourna vers Julian.

— Vous avez engagé une infirmière. Pourquoi ?

— Cela devait être fait.

— Mais pourquoi si tôt ?

— Je ne vois pas de raison pour remettre ça à plus tard.

— Merci, Julian.

Il n'essayait pas de dissimuler son mobile. Il avait engagé une infirmière parce que Cassie était enceinte. Et elle ne prétendrait pas qu'elle n'appréciait pas son geste.

— Je n'aurai pas la fierté mal placée de refuser, lui dit-elle. Je vous suis reconnaissante de veiller à ce qu'on prenne soin de moi et du bébé.

*Contrairement au véritable père*, ajouta-t-elle en son for intérieur.

Elle gagna le seuil pour éviter de lâcher quelque parole qu'elle regretterait plus tard.

— Cassie, fit Julian alors qu'elle allait ouvrir la porte.

— Oui ?

— Le moment venu, vous ferez une maman merveilleuse.

# 12.

Le lendemain, Cassie embrassait du regard un beau jardin de cactées. Le lieu faisant partie des possibilités d'excursions proposées par le Paraiso, elle avait fait le déplacement avec Julian pour un repérage.

— Ces plantes sont étranges et merveilleuses, murmura-t-elle alors qu'elle et Julian évoluaient parmi les terrasses.

— Il y en a ici qui sont séculaires, lui dit-il. Ce sol aride favorise leur développement.

Ils firent le tour d'un petit lac artificiel entouré d'une forêt de bambous.

— Rien à voir avec le jardin public de Boston. C'est la première fois que je vois un véritable jardin botanique.

— Ce serait une bonne proposition d'excursion, alors ?

— Pour moi, oui, absolument.

Julian répondit par un sourire qu'elle trouva contraint. En fait, depuis le début de la matinée il semblait avoir l'esprit ailleurs. Cassie espérait que son comportement n'avait rien à voir avec elle. N'étaient-ils pas parvenus à une sorte de trêve ? Elle n'avait pas envie de gâcher la visite en abordant la question, mais elle le ferait peut-être une fois de retour à l'hôtel. Son instinct lui soufflait qu'elle ne se faisait pas des idées. Julian était préoccupé.

Une heure plus tard, ils déjeunaient dans un charmant bar à tapas du bord de mer. Cassie sirotait un jus d'orange, et Julian, une sangria. Toujours inquiète de le voir si distrait, elle savoura pourtant la nourriture délicieuse : poisson frais, olives parfumées, pain doré.

Une fois qu'on eut emporté leurs assiettes, Julian n'esquissa pas un geste pour se lever. Cassie ne s'en plaignit pas, désireuse de prolonger cet agréable après-midi. Ils ne retrouveraient que trop vite les tâches qui les attendaient.

Cependant, les propos suivants de Julian ramenèrent le travail au premier plan et jetèrent quelque lumière sur ce qui le tourmentait.

— Nous avons à parler, Cassie. J'ai reçu des nouvelles qui risquent de compromettre le succès du Paraiso, dit-il avant de lui montrer sur l'écran de son portable l'article d'un magazine de loisirs. C'est une critique du complexe touristique. Ma réputation n'a pas joué à mon avantage, je le crains.

— Qu'est-ce que ça raconte ? s'enquit Cassie, qui aurait aimé connaître assez l'espagnol pour saisir la teneur de l'article.

— La journaliste s'interroge sur les raisons qui peuvent pousser un célibataire à ouvrir un complexe touristique de luxe exclusivement destiné aux femmes. Cela aurait plus de sens, selon elle, que les propriétaires soient des femmes, mieux à même de comprendre cette clientèle. Elle réserve son jugement, mais se demande quel pourrait être le succès d'une entreprise dont le propriétaire est l'ex-fiancé de la princesse Rosa.

Cassie devina que ces derniers mots étaient du cru de Julian plutôt que de la journaliste.

— C'est ridicule, voyons ! Une clientèle aussi haut de gamme et sophistiquée que celle que nous voulons attirer ne sera pas dupe de ces inepties ! soutint-elle, espérant voir juste en dépit de l'appréhension qui l'avait gagnée elle aussi.

— Je l'espère. Mais elle met en doute mes motivations.

— Ah ? En quoi ?

Julian regarda au loin, l'air écœuré.

— Étant donné la clientèle visée, elle suppose que je cherche par ce moyen à rencontrer une femme qui serait l'égale de la princesse que j'allais épouser.

— Allons donc, c'est absurde !

— Je sais. Et vous le savez aussi. Il n'en va pas forcément de même des lectrices et lecteurs. Ce magazine de voyages est très respecté en Europe. J'ignore la raison d'un article aussi racoleur, mais ils l'ont bel et bien publié.

— Enfin, voyons, qui accorderait du crédit à ce genre de racontars ? insista-t-elle.

— Je n'en sais rien. Dans le pire des cas, cela fera chuter nos réservations. L'auteur cite un complexe touristique du même genre, aux Caraïbes, qui serait selon elle un meilleur choix. Et moins cher.

— Je vois. Et dans le meilleur des cas ?

— Je serai submergé par une foule de célibataires zélées qui ne viendront que pour vérifier que la journaliste a vu juste.

Un tel scénario n'était pas fait pour enchanter Cassie. Elle était plus perturbée par l'idée que de belles femmes fortunées se jettent à la tête de Julian que par la baisse éventuelle de leurs réservations !

— Cela soulèverait toutes sortes de problèmes, continua Julian.

— C'est vraiment injuste ! Il y a sûrement un moyen de réagir. Peut-on les attaquer en justice ?

— Je suppose, mais cela n'aidera en rien le Paraiso. Pris de court comme nous le sommes, je ne vois qu'une solution. Cependant, elle requiert pas mal d'implication de votre part.

— Qu'est-ce que c'est ? Je suis disposée à tout, bien sûr.

Elle fut choquée lorsqu'il prit sa main entre les siennes. Et encore plus choquée quand il ajouta :

— Je pense que nous devrions nous marier.

— Pardon, mais… je jurerais que vous veniez de me demander en mariage, dit-elle. Je me trompe, n'est-ce pas ?

Et, tout en pouffant, elle avala une gorgée de jus d'orange.

— C'est bien ce que j'ai fait, oui, dit-il d'un air grave.

Quel comédien !

— Ha, ha, ha ! Très drôle, Julian.

— Drôle ?

— Oui. Mais que va-t-on faire au sujet de cet article ?

— Je ne cherche pas à plaisanter, *bella*. Je vous demande de m'épouser.

Cassie eut un léger hoquet et se renversa contre le dossier de son siège.

— Vous êtes sérieux ?

Elle n'avait donc pas rêvé ! Avait-il eu une sorte de révélation ? Estimait-il qu'ils étaient faits l'un pour l'autre parce qu'ils s'entendaient remarquablement bien ? Quelques accrocs mineurs mis à part, bien sûr. Elle n'avait pas la naïveté de croire que Julian, par quelque miracle, était tombé amoureux d'elle, mais il n'était pas impossible qu'il ait développé pour elle assez d'affection pour caresser cette idée de mariage. Cela n'avait rien de très romantique, et pourtant…

Ses propres pensées lui donnèrent à réfléchir. Prenait-elle vraiment en considération sa proposition ? Une chose était sûre : c'était vertigineux.

— Tout à fait sérieux, continua Julian. Si nous devenions mari et femme, ce serait avantageux pour nous deux. Ce ne serait qu'une transaction d'affaires, comme celle que nous avons contractée à Boston.

Quelles qu'aient pu être les rêveries romantiques de Cassie, elles furent douchées sur-le-champ.

— Pardon, mais je ne suis pas sûre de comprendre, Julian. Que suggérez-vous ? Une sorte de mariage de convenance ?

— Oui. Une union temporaire. Pour un an. Dix-huit

mois tout au plus. La réputation du complexe touristique au rang des résidences de luxe devrait être établie d'ici là.

Si, depuis son enfance, Cassie avait imaginé plusieurs fois sa demande en mariage, jamais elle n'aurait pu concevoir un tel scénario ! Même si le décor et l'homme assis en face d'elle correspondaient à son idéal, tout le reste lui paraissait absurde. De plus, le mot que toute femme rêvait de s'entendre dire en un tel moment – *amour* – n'y jouait aucun rôle. Julian n'éprouvait pas ce genre de sentiment pour elle. Elle lui inspirait peut-être de l'affection, et il avait pris des mesures pour qu'elle soit en bonne santé pendant sa grossesse, mais il ne l'aimait pas et ne l'aimerait sans doute jamais. Il était même probable, selon elle, qu'il fût encore épris de la femme qu'il avait voulu épouser deux ans auparavant.

Elle ne pouvait guère l'en blâmer. Il devait être dur de se remettre de l'abandon d'une princesse royale !

Cassie tenta de tourner les choses en plaisanterie.

— C'est ridicule. Ce que vous dites semble sorti d'un roman ou d'un film.

— Toutes les fictions se fondent sur la réalité, non ?

— Julian, vous êtes inquiet pour votre entreprise et vous pensez avoir trouvé une solution. Mais cela n'a pas de sens. Nous ne pouvons pas nous marier pour sauvegarder le succès de l'ouverture du Paraiso !

Il se frotta les yeux et exhala un soupir.

— Vous avez raison, bien sûr. C'est juste que… Quand j'ai eu l'idée hier soir, ça m'a paru sensé. Pour bien des raisons.

En dépit d'elle-même, Cassie fut curieuse de les connaître.

— Lesquelles ?

— Eh bien, d'abord, ça étoufferait dans l'œuf les rumeurs que ce papier pourrait susciter.

— Je n'en suis pas sûre. C'est un peu cousu de fil blanc, non ? Tout de suite après cet article ?

— Les gens trouveraient ça trop commode ? Une riposte évidente.

Elle acquiesça.

— C'est un risque. Mais les doutes se dissiperont avec le temps. Surtout quand on nous aura vus ensemble, dit-il en se penchant vers elle, une lueur espiègle dans le regard. Reconnaissez qu'il y a une alchimie entre nous. Les gens s'en rendront compte.

Cassie ne sut pas comment réagir. Julian proclamait leur complicité sensuelle, ouvertement.

— Et puis, cette journaliste marque un point, ajouta-t-il.

— Pardon ?

— J'admets que le concept d'une résidence hôtelière réservée aux femmes est plus crédible si son directeur général est chef de famille.

— De famille ?

— Vous êtes enceinte, *bella*, dit-il, toujours aussi espiègle.

Comme si elle pouvait oublier ça !

— Oui. D'un autre homme.

— C'est vrai. D'un homme qui ne veut ni de vous ni du bébé dans sa vie.

Aïe ! Cela faisait mal, si vrai que cela fût. Surtout venant de la bouche de Julian, qui poursuivit :

— Je serai responsable de l'enfant. Après tout, il sera mon neveu adoptif. Ou ma nièce.

— Je vois.

C'était tout ce qu'elle parvenait à dire. Dans son esprit, c'était la débandade.

— Il ou elle n'aura pas à m'appeler « papa ». Nous pourrons lui donner des explications à mon sujet quand il ou elle aura assez grandi. Mais je pourvoirai à tous ses besoins. Même après la fin de notre mariage de convenance.

Il pensait ce qu'il disait, Cassie en avait conscience. Julian était en train de se préparer au rôle de père. Même s'il n'avait pas l'intention de s'engager véritablement vis-à-vis d'elle.

— Vous demandez un an, c'est ça ? demanda-t-elle pour que tout soit clair. Ensuite, je serai libre de rentrer aux États-Unis avec mon enfant si je le veux ?

Le regard de Julian s'assombrit, mais il hocha la tête.

— Oui. Si tel est votre désir.

— Pourquoi accepterais-je ?

Une fois encore, il lui prit la main. Sa chaleur virile se communiqua à elle, et elle eut un accès de nostalgie. Elle aurait exulté, si la proposition de mariage avait été authentique.

— Réfléchissez, Cassie. Votre enfant aurait un nom, une chance de faire partie d'une famille.

Quelles paroles tentatrices ! Une famille, c'était ce dont elle avait rêvé, ce qu'elle voulait pour son bébé. Avoir sa place quelque part, faire partie d'un groupe aimant, comme celui qu'incarnaient Julian, sa mère, ses frères et même le personnel du Paraiso.

— De plus, si vous m'épousez, le bébé sera un Santigo et jouira des droits que lui confère son nom. Et je vous jure que, quoi qu'il advienne au bout d'un an, je resterai présent dans la vie de cet enfant. Je serai son oncle adoptif. Je tiens à m'impliquer dans son éducation.

Une figure paternelle. La seule chose qu'elle ne pouvait pas, à elle toute seule, apporter à son enfant. Elle savait que Julian tiendrait parole. Il ne tournerait pas le dos à son enfant. Pourtant, tout cela restait compliqué à ses yeux.

— Et votre mère ? Le reste de votre famille ? Et Carlos ? Que leur direz-vous ?

— Laissez-moi m'en charger.

Cassie ferma les yeux, et tenta de réfléchir. Au premier abord, la proposition de Julian tenait debout. Son enfant serait légitimement inclus dans la famille Santigo. Avait-elle le droit de priver le bébé d'une telle opportunité ?

La réponse s'imposait d'elle-même. Aussi suivit-elle son instinct.

— D'accord. J'accepte. Je vous épouserai.

Julian la surprit une fois de plus en se penchant pour l'embrasser à pleine bouche. Ce fut un baiser si ardent qu'elle en oublia le monde réel. Et, lorsqu'il s'écarta d'elle, le sourire qu'il lui octroya lui fit fondre le cœur.

Faisant signe au serveur, il lui tendit son mobile.

— Prenez-nous en photo, s'il vous plaît.

Cassie n'avait pas la naïveté de croire que Julian voulait immortaliser ce moment. Elle se doutait même que la photo échouerait sur un site publicitaire. Elle ravala sa déception. Il aurait été stupide d'accorder trop de sens à ce mariage de pure forme. Comme Julian l'avait souligné, ce n'était qu'une transaction d'affaires.

— Certainement, monsieur, répondit le serveur. C'est pour une occasion spéciale ?

— Oui, répondit Julian. Nous venons de nous fiancer.

# 13.

Julian n'avait cessé de réfléchir depuis leur visite du site archéologique. Jusqu'au dernier moment, il n'avait pas été sûr de franchir le pas. L'article du magazine l'avait aidé à entériner sa décision. Oh ! il savait que sa proposition de mariage était une solution inédite pour régler la difficile situation de Cassie. Cependant, un mariage de convenance lui permettrait de s'en dégager si elle le voulait. En vérité, il réfuterait l'article de ce maudit magazine !

L'ensemble était logique, bien pensé. Ses sentiments envers Cassie n'entraient pas en ligne de compte. Il faisait preuve de pragmatisme, voilà tout, se dit-il.

Sa mère et Safina étaient dans la cuisine à leur retour, et une odeur de tomates et d'épices parfumait l'air. Un coup de chance. Ils pourraient leur annoncer la nouvelle en même temps.

— Maman, Safina… Nous avons une nouvelle à vous annoncer.

Il adressa un signe à sa chef cuisinière et amie, qu'il connaissait depuis dix ans et qui faisait pour ainsi dire partie de la famille.

Attirant Cassie contre lui, il lui dit :

— Montre-leur.

Cassie, tremblante, espérant que les deux femmes ne remarqueraient rien, leva la main pour leur montrer la bague qu'il avait acquise chez un joaillier en ville, sur le chemin du retour.

Maria porta une main à sa bouche tandis que Safina ôtait sa toque et la faisait valser en l'air avec un grand rire exubérant.

— *Dios ! Felicidades, mi niño !*

La mère de Julian prit le visage de Cassie entre ses mains, puis l'embrassa sur les joues.

— *Gracias*, répondit Cassie avec un accent espagnol impeccable qui augmenta encore la joie de Maria.

Safina s'approcha d'eux et les étreignit à plusieurs reprises.

Julian se sentit coupable face à la joie extrême des deux femmes. Il était sûr de bien agir en contractant ce mariage de pure forme. Mais ce faux-semblant était une amère déception. Cassie était le genre de femme qu'il aurait épousée avec joie, dans une autre vie. Elle avait du talent, était dévouée à l'enfant qu'elle portait. Même si elle était très différente de Rosa, il éprouvait pour elle une attirance qui lui semblait plus authentique, un véritable élan du cœur. Il avait l'impression de la connaître depuis longtemps, alors qu'il n'avait jamais eu le sentiment de cerner Rosa. La vraie Rosa.

— Il faut mettre les autres au courant, dit sa mère. Tes frères d'abord, bien sûr. Puis ta tante, ton oncle et tes cousins de Madrid. Tout le monde !

— Je vais établir une liste, proposa Safina.

— J'aimerais tant que ton père soit là pour voir ça ! continua Maria, qui étreignit de nouveau Cassie, puis son fils.

Julian accusa le coup. Si son père le voyait, de là où il était, il savait qu'il était en train de tromper sa mère. Intérieurement, il demanda pardon à celui qu'il avait perdu.

— Dès que je vous ai vus dans le couloir, le premier jour, j'ai su que vous seriez ensemble ! reprit Maria.

— Et moi, lorsque je l'ai vu lui faire goûter des huîtres. Avant ton arrivée, Maria, souligna Safina.

Si elles savaient !

— Racontez-nous tout, enchaîna la cuisinière en les entraînant vers la grande table en bois. Comment Julian a-t-il fait sa demande ?

Cassie n'avait pas cessé de sourire depuis leur arrivée, sans prononcer un mot. Julian se méprisa, tout à coup. Il avait eu le temps de se préparer, lui. Il s'apprêta à répondre aux questions à sa place, soucieux de soulager son inconfort.

Il aurait dû mieux la connaître ! Cassie redressa les épaules et parut se ressaisir.

— Eh bien, c'était très romantique, dit-elle. Il m'a d'abord emmenée au jardin botanique pour me montrer les superbes plantes et les cactées.

— Oh ! c'est charmant.

— Nous avons fait le tour du lac et admiré les bambous. Certains d'entre eux sont de vraies œuvres d'art.

— Vous vous doutiez de quelque chose ? demanda Safina.

Cassie lui adressa un clin d'œil, et pressa le genou de Julian. Il eut comme une décharge électrique à ce contact.

— Pas du tout. Il m'avait présenté ça comme une visite professionnelle. Je n'ai rien deviné.

Elle se tourna vers lui avec un sourire entendu. Il s'avisa soudain qu'elle n'avait pas menti une seule fois.

Safina se tamponna les yeux avec un torchon. Sa mère aussi avait la larme à l'œil. Il ne s'était pas rendu compte que les deux femmes en étaient venues à aimer Cassie, elles aussi.

Elles aussi ? Il n'eut pas le loisir d'analyser cette pensée. Cassie continua à décrire leur après-midi en vraie conteuse, rapportant les événements comme s'il avait préparé la parfaite demande en mariage. Alors qu'en réalité il avait tout à trac lâché sa folle idée au moment du déjeuner. Sa version des faits lui plaisait beaucoup plus que la vraie.

Cassie avait passé plusieurs coups de fil, en vain, depuis que Julian avait fait sa « demande en mariage ». Aussi fut-elle agréablement surprise lorsque Zara répondit à son énième appel dès la seconde sonnerie.

— Hé ! Tu es enfin dans un endroit où il y a une couverture cellulaire !

— Cassie ! Je n'aurai sans doute pas de réseau longtemps, dit son amie d'une voix pressante. Dis-moi vite comment tu vas. Et le bébé.

— Très bien. Nous allons très bien tous les deux.

— Je serai sa marraine, comme convenu, hein ?

Zara se montrait si grave que Cassie ne put s'empêcher de rire.

— Qui diable veux-tu que ce soit ?

— Ah, tant mieux ! Ça ne peut être que moi.

— Cela va de soi.

— Et quoi de neuf sur la charmante île de Majorque ? Tu engranges de nouvelles expériences ? Tout est comme tu l'espérais ?

Une question piège s'il en était ! Zara était loin de s'en douter.

— C'est une grande aventure, Zara ! Le complexe, les sites à voir… As-tu reçu les photos des vestiges romains que je t'ai envoyées ?

— Oui. Elles sont super. Tu es belle, dessus. La grossesse te réussit.

Cassie, pelotonnée sur le canapé de sa suite, savoura la joie d'entendre la voix de son amie si chère. Zara lui avait manqué. Heureusement, elles pouvaient enfin se parler.

— Et ton boss ? s'exclama soudain Zara.

— Quoi, mon boss ?

— Il est très craquant en pantalon de treillis et col en V. Ne me dis pas que tu ne l'as pas remarqué !

C'était le moment ou jamais, pensa Cassie, saisissant la perche qui lui était tendue.

— Au sujet de Julian, j'ai quelque chose à te dire.

Zara attendit qu'elle continue.

— Il se trouve que nous sommes fiancés.

Le cri de surprise de Zara fut perceptible au bout du fil. Puis il y eut un silence. Prolongé. Enfin, la voix de son amie se fit de nouveau entendre, sonore et nette.

— J'ai bien entendu ? Tu vas te marier ? Avec Julian !

— Oui.

— Tu parles sérieusement ?

— Oui, répéta Cassie, réprimant un petit rire.

Ce fut un flot de questions, alors, Zara désirant savoir comment c'était arrivé, quand elle devrait se libérer pour la cérémonie… Lorsque Cassie put enfin placer un mot, elle ne s'en priva pas.

— Tu n'auras pas à remanier ton planning, Zara. Le mariage a lieu dans deux semaines. Mais ce ne seront pas de véritables noces.

— Pardon ? Explique un peu, pour voir.

— C'est une longue histoire, soupira Cassie, plus amusée du tout, et décidant de dire la vérité. C'est pour ses affaires.

— Alors là, je ne te suis plus.

— Pour garantir un bon démarrage du Paraiso. Je t'expliquerai ça quand on se verra. Par téléphone, ce n'est pas possible.

Comment expliquer ce que serait ce mariage ? se demanda Cassie, qui sentait son amie en pleine confusion.

— Tu te maries dans le cadre d'un contrat de travail ? C'est complètement dingue, Cassie !

— Dingue ou pas, c'est la vérité.

Une fois de plus, il y eut un grand blanc à l'autre bout du fil.

— Zara ? Tu es toujours là ?

— Oui. J'essaie de comprendre. Je sais que je t'ai déjà

demandé ça, mais aurais-tu entrepris l'écriture d'un roman à tes moments perdus ?

Oh ! bon sang ! C'était encore plus compliqué que Cassie ne l'aurait cru !

— Contente-toi de savoir que le mariage ne sera qu'un faux-semblant. Une comédie.

— Ah…

— Je sais que c'est difficile à admettre.

— Je pense bien. Parce que je suis en train de regarder les photos dont tu parlais, figure-toi. Vous deux sur le site archéologique.

— Et ?

— Et vu la manière dont Julian te couvait du regard, sur chaque cliché, je veux bien être pendue si ce n'est pas un mariage authentique.

Les quarante-huit heures précédant le mariage se déroulèrent comme dans un brouillard pour Cassie. Elle avait des insomnies et du mal à se concentrer sur son travail. Elle espérait seulement qu'elle agissait pour le mieux car il était trop tard pour faire machine arrière. Pendant un an, elle serait Mme Julian Santigo. Son enfant aurait un nom légitime. En contraste total avec ce que Carlos avait offert, Julian s'impliquerait dans son éducation. Alors que l'indemnisation proposée par Carlos n'était qu'un moyen de se débarrasser d'elle et du bébé, Julian voulait rester présent dans la vie de son enfant, quoi qu'il advienne. Il suffisait pour cela de se prêter à une petite cérémonie.

Elle perçut la présence de Julian, derrière elle dans la cuisine, avant même de le voir. Elle s'efforçait de manger une omelette, sans appétit. Les œufs avaient refroidi, mais elle tenta quand même d'avaler quelques bouchées.

— Nous aurons bientôt franchi le pas, dit-elle, contemplant

sa main où brillait le diamant dont la présence lui semblait toujours aussi incongrue.

— Oui, *bella*, répondit Julian en s'asseyant près d'elle. Nul autre que nous n'a à savoir que c'est une mascarade.

Ce mot la heurta. Même s'il disait vrai. Son mariage était un leurre. Une comédie. Plusieurs membres de la famille de Julian étaient arrivés ces jours-ci pour fêter l'événement. D'autres, venus des quatre coins du monde, étaient en route. Le clan au grand complet déjeunerait sur la plage pour ouvrir les festivités avant le grand jour.

Heureusement, il n'y avait aucun signe de Carlos ! Julian avait dû veiller à ce que son cousin s'abstienne de venir.

— Je vais me préparer pour le grand repas, alors, dit-elle en se levant.

— Ma mère t'attend, elle voudrait peaufiner certains détails avec toi.

Cassie eut un soupir résigné. Elle appréciait l'enthousiasme de Maria. Mais tout le monde en faisait trop. Safina s'en mêlait aussi, ainsi que Larissa, l'infirmière. En tout cas, Cassie pouvait tirer un trait sur une courte sieste. Elle se sentait fatiguée, après une nuit d'insomnie. Qui venait se rajouter à sa grossesse, à la nécessité constante de jouer la comédie de la fiancée comblée. Elle avait l'impression d'être vidée de son énergie.

Et après la cérémonie, dans deux jours, elle devrait pendant un an faire semblant d'être une épouse aimée – ce qu'elle n'était pas.

Quoi que Zara ait pu prétendre au sujet des photos, Julian se prêtait au mariage pour assurer la prospérité du Paraiso. Et elle-même, pour le bien de son enfant à naître. Mais elle avait pris conscience de quelque chose depuis l'annonce de leurs « fiançailles ». Ils devaient, à chaque instant, faire semblant d'être amoureux. Et chaque fois que Julian l'embrassait, elle espérait secrètement qu'il éprouve aussi les sensations électrisantes qui la parcouraient et soit aussi excité qu'elle à l'idée de prononcer ses vœux devant sa famille.

Cette nuit, elle avait rêvé qu'il se riait d'elle en la voyant venir vers lui à l'autel. Cela avait beau n'être qu'un mauvais rêve, elle s'était réveillée en larmes.

Parce que rien n'était sincère. Et cela la faisait souffrir car elle aimait Julian. Elle avait accepté ce fait, maintenant. Elle était tombée follement amoureuse, à son insu, d'un homme qui ne voyait en elle qu'un atout pour son entreprise.

Une part d'elle-même, naïve et insensée, avait envie de dire tout cela et bien plus encore à Julian. Elle n'en ferait rien, bien sûr. Elle traversa la cuisine et s'apprêta à franchir le seuil.

En percevant un mouvement inattendu dans son ventre, elle réalisa aussitôt ce qui se passait.

— Oh !

Julian la rejoignit en deux ou trois enjambées.

— Cassie, qu'est-ce qu'il y a ? Est-ce que ça va ?

Elle lui prit la main et la posa sur son ventre, à l'endroit où elle avait senti quelque chose, en espérant que cela se renouvellerait. Ce fut le cas au bout d'une ou deux minutes. Julian dressa la tête, surpris.

— Est-ce que c'est… ?

— Oui ! C'est le bébé ! Il a donné un coup de pied. C'est la première fois.

Le sourire de Julian s'élargit jusqu'aux oreilles, et il ne retira pas sa main. À la grande joie de Cassie, le bébé donna un autre coup de pied.

— On dirait presque que ce petit bout de chou nous félicite.

Cassie éclata de rire, ravie. C'était une sensation inouïe, comparable à nulle autre. Elle savait depuis des semaines qu'elle portait un enfant, mais sentir sa présence en elle était extraordinaire !

Julian semblait aussi fasciné qu'elle. Ils restèrent ainsi

un moment, attendant que le bébé se manifeste à nouveau, le souffle suspendu.

Une ombre se profila soudain sur le seuil. Une voix familière se fit entendre, qui glaça Cassie jusqu'au sang.

— *Hola, mi primo.*

# 14.

— Salut, cousin ! répondit Julian.

Il n'avait pas eu à se retourner pour savoir qui venait d'apparaître dans l'encadrement de la porte. Cette voix, il l'aurait reconnue entre mille. Il réprima un juron bien senti, et laissa retomber sa main, qui était posée sur le ventre de Cassie.

La jeune femme resta calme et immobile, sans trahir la moindre émotion. Mais elle avait les yeux dilatés par le choc.

— Cassie, dit Carlos.

Julian eut une envie folle de lui tordre le cou – simplement parce qu'il avait osé prononcer ce prénom. Étrange. Il ne s'était jamais considéré comme quelqu'un de jaloux. Et voici qu'en présence du père du bébé de Cassie il comprenait qu'il était capable d'être très possessif.

Il donna une pression de main rassurante à Cassie, puis lança :

— Tu es donc venu nous féliciter, Carlos ?

— J'ai à te parler, Julian. Seul à seul.

Julian hésita. Il n'avait aucune envie de discuter avec son cousin fauteur de troubles, étant donné ce que signifiait sa présence. Mais avait-il le choix ?

— Tu veux bien nous excuser, Cassie ? demanda-t-il, lui relâchant la main à contrecœur. Je reviens dans quelques minutes.

Elle lui adressa un très léger signe de tête avant de sortir. Il ne fut pas peu satisfait de la voir franchir le seuil sans même adresser un regard à Carlos. La grimace de son cousin lui révéla que cette rebuffade ne passait pas inaperçue.

Avec un calme feint, il retourna s'asseoir, faisant signe à Carlos de prendre place en face de lui.

— Que puis-je pour toi, Carlos ?

Le voyant maintenant de plus près, il remarqua des bleus sur le visage de son cousin. Et une coupure écarlate au-dessus de l'œil droit.

— Mais que diable t'est-il arrivé ? s'exclama-t-il.

— La réponse à cette question est le motif de ma venue.

Que mijotait donc Carlos ? se demanda Julian. S'était-il trouvé pris dans une bagarre due à sa passion pour le jeu ? Était-il venu demander de l'argent pour payer une dette en échange de son silence au sujet du bébé ? Si c'était le cas, Julian paierait volontiers tout ce qu'il voudrait.

— Je suis sûr que nous pouvons parvenir à un accord satisfaisant, dit-il. Quelle somme ?

Carlos eut un rire.

— Que tu le croies ou non, ce n'est pas de l'argent que je veux. Pas cette fois.

Ces propos résonnèrent comme un signal d'alarme dans la tête de Julian.

— Quoi alors ? fit-il. Si on allait droit au but ? Qu'es-tu venu faire ici, exactement ? Et quel rapport cela a-t-il avec l'état effroyable de ton visage ?

— J'ai eu un accident de bateau il y a quinze jours. C'est pour ça que je n'ai pas réagi à tes tentatives pour me joindre.

— Je vois. Est-ce que tu vas bien ?

— Maintenant, oui. Mais j'étais dans une situation critique. Une hémorragie interne qui aurait pu mal finir.

Heureusement, les médecins qui m'ont soigné en France ont réussi à cautériser l'organe touché.

— Je suis heureux que tu t'en sois tiré, dit Julian, sincère.

Qu'il fût bon ou mauvais, son cousin adoptif faisait partie de la famille. Ils avaient grandi ensemble. Carlos avait tout simplement choisi une voie très différente de la sienne dans la vie, un chemin plus dangereux.

— Quelle est la raison de ta présence ? redemanda Julian. Pourquoi as-tu fait tout ce chemin alors que tu aurais pu te contenter d'un mail ou d'un SMS ?

— J'ai appris l'annonce de ton mariage sur mon lit d'hôpital, cousin. J'ai cru que j'avais des hallucinations à cause de mon traumatisme crânien. C'était pourtant imprimé noir sur blanc. Tu étais fiancé à Cassandra.

— Et ?

— Disons que ça m'a causé un certain choc.

Julian devait lui concéder cela. Il fallait dire, pour sa défense, qu'il avait essayé de joindre Carlos avant qu'il apprenne la nouvelle par la presse. Et il l'avait averti de ne pas venir. Pour éviter la situation présente.

— Tu ne t'attendais tout de même pas à ce que Cassie reste célibataire ? dit-il. Après tout, tu l'as quittée. Seule, et enceinte de toi !

Carlos ignora la remarque, une réaction typique de sa part.

— Je ne m'attendais pas à ce que mon cousin, auquel j'avais uniquement demandé de lui remettre une enveloppe, devienne son fiancé ! lança Carlos.

Il eut un temps de silence, puis reprit :

— Quoi qu'il en soit, j'ai eu une prise de conscience après l'accident.

— Une prise de conscience ? fit Julian, saisi d'un mauvais pressentiment.

— J'ai réalisé que la vie était courte et j'ai compris ce qui comptait vraiment.

Julian n'avait pas besoin d'en entendre davantage pour savoir où Carlos allait en venir, et son sang se glaça. La suite confirma ce qu'il redoutait.

— Je veux faire partie de la vie de mon enfant, Julian. J'ai le droit d'être le père de ce bébé.

Julian n'avait rien à redire à cela, car Carlos avait raison. Mais la situation n'était pas si simple.

— Et Cassie ?

— Je pourrais te retourner la question.

— C'est-à-dire ?

— Tu es prêt à l'épouser alors que tu la connais depuis si peu de temps ? Suis-je censé croire que vous avez eu un coup de foudre ? Au point de vous marier ?

Carlos était certes un jet-setteur et un fêtard égoïste, mais il n'avait jamais été stupide.

— Pour quel motif le fais-tu en vrai, Julian ? Est-ce pour oublier enfin Rosa ?

Julian répondit sans hésiter :

— Absolument pas.

— Pourquoi alors ?

— J'ai mes raisons.

Il sut qu'il venait de commettre une erreur capitale, confirmée par le sourire narquois et satisfait de Carlos. Mais il ne pouvait pas rattraper ses mots. Il n'avait pas dit qu'il épousait Cassie *par amour*.

Il était tombé dans le piège qu'il s'était lui-même tendu.

La vérité était qu'il avait de l'amour pour Cassie, et il s'en était rendu compte depuis longtemps. Mais il avait été incapable de le dire. Et même de se l'avouer.

— Même si je l'ai quittée, je suis là maintenant. Et j'en ai le droit, soutint Carlos. Tu ne peux pas me dénier ça.

Julian eut envie de flanquer son cousin à la porte sans ménagement, en lui ordonnant de ne plus jamais se montrer devant lui ou devant Cassie. Ce n'était pourtant pas une solution. Car, même s'il souffrait de l'admettre, Carlos avait raison. Il avait le droit d'être le père de cet enfant, de faire partie de sa vie.

Il n'avait aucun droit, en revanche, sur la femme que Julian aimait !

# 15.

Julian dut se faire violence pour conserver son calme. En son for intérieur, il était en pleine tourmente, en proie à la fureur. Il n'avait jamais beaucoup apprécié l'homme que son cousin était devenu. Mais il ne l'avait jamais carrément méprisé. Il était fort près d'éprouver ce sentiment, en ce moment.

— Tu es peut-être le père, Carlos, mais je suis le fiancé de Cassie. Nous allons nous marier dans moins de deux jours. Rien de ce que tu pourrais dire ou faire ne changera ça.

Carlos ne parut guère ébranlé.

— Prouvons-le, alors.

— Que veux-tu dire par là ?

— J'aimerais parler à Cassie. Je veux entendre ce qu'elle a à dire.

Julian réfléchit. Plus vite Carlos serait parti, plus vite Cassie et lui pourraient revenir à leurs plans de mariage. Et à leurs projets d'avenir.

— Tu ne peux pas m'empêcher de voir la mère de mon enfant ! insista Carlos.

— C'est à Cassie qu'il revient de décider si elle veut te parler ou pas.

— Je fais partie de sa vie, Julian. De la sienne et de celle du bébé. Et c'est pour toujours.

Ces mots atteignirent Julian comme autant de coups de poing. Il ne savait que trop ce que venait de dire son cousin.

— Je veux savoir à quoi m'attendre du côté de Cassie, Julian. Je veux qu'elle sache que je suis prêt à être père. Et voir si elle envisage d'aller de l'avant à partir de ce fait.

Julian fut de nouveau démangé par l'idée de jeter Carlos dehors. Cela l'aurait défoulé, mais n'aurait rien réglé.

— Je te répète que c'est à Cassie de décider.

Carlos haussa les épaules.

— J'attends ici pendant que tu vas le lui demander.

Que voulait Carlos ? Pourquoi était-il venu ? Cassie était une vraie pelote de nerfs au moment où Julian frappa à sa porte, une heure plus tard. En l'accueillant, elle fut à deux doigts de se jeter dans ses bras. Mais l'attitude de Julian l'alarma et lui souffla de se contenir. Il était si distant, si réservé !

— Je crois que tu devrais lui parler, dit-il sans autre préambule.

— Je ne vois pas pourquoi.

— Il est le père de ton enfant, Cassie. Personne ne peut nier ça.

Cassie en resta sidérée. Elle allait épouser Julian dans moins de quarante-huit heures, et voici pourtant qu'il l'encourageait à donner une seconde chance à Carlos ! Un homme qui l'avait trahie de la pire manière ! Agissait-il ainsi par loyauté ? Y avait-il une sorte de pacte familial entre les deux hommes ? En ce cas, qu'était-elle donc ? Un pion qu'ils manipuleraient à volonté ? Si Julian pensait réellement cela, il ne savait pas ce qui l'attendait ! Elle avait sa fierté.

— Il nous a tourné le dos, dit-elle.

— Je sais. Mais il jure à présent qu'il veut faire partie de la vie de l'enfant.

Pour ce qui la concernait, Carlos s'y prenait un peu tard.

— Et tu trouves ça bien ? Alors qu'il ne s'est pas soucié

une seconde, pendant des semaines, de savoir comment j'allais, ainsi que le bébé ?

Julian se massa les tempes, et elle comprit qu'il était vraiment contrarié.

— Non, je ne trouve pas ça bien. Mais ce n'est pas à moi de lui dénier ce droit.

— C'est mon affaire.

— D'accord là-dessus. Si tu le veux, je le forcerai à partir. Mais il reviendra à la charge.

Cassie, même si cela lui faisait horreur, dut s'avouer que Julian voyait juste.

— Pourquoi a-t-il changé d'avis ? Après tout ce temps ?

— Il a eu un accident. Je lui laisse le soin de t'expliquer ça lui-même.

Elle se sentit trembler et tenta à toute force de rester maîtresse d'elle-même. Pourquoi réagissait-il ainsi ? Comment était-ce possible ? Elle avait toujours su que Julian ne l'aimait pas. Mais elle s'était persuadée, stupidement, qu'il devait tout de même avoir des sentiments pour elle.

Ne l'avait-il demandée en mariage que par sens du devoir ? Pour les aider, elle et le bébé ? Et maintenant que le véritable père se manifestait, il reconsidérait sa décision ?

— Je ne veux pas que tu aies des regrets par la suite, Cassie. Ton enfant a le droit de connaître son véritable père.

Elle voulait qu'il s'explique une bonne fois pour toutes sur ses motivations véritables.

— Pourquoi m'as-tu demandée en mariage, Julian ? Je veux la vérité.

— Nous en avons discuté lorsque je l'ai fait, *bella*. L'aurais-tu oublié ?

Elle eut un coup au cœur en le voyant esquiver la réponse. Il ne pouvait pas lui dire qu'il tenait à elle, qu'il voulait partager sa vie et celle du bébé. Il était clair à présent qu'il ne voyait en elle qu'une employée. Un moyen de parvenir à ses fins.

Eh bien, c'était terminé ! Elle allait partir. Elle avait suffisamment rempli ses devoirs professionnels pour mériter l'avance financière que Julian lui avait versée. Pour ce qui était du reste, elle n'y sacrifierait ni sa fierté ni son âme. Elle avait toujours eu à se battre pour accomplir ce qu'elle voulait. Elle pouvait continuer. Pour elle et le bébé. Son enfance ballottée, les promesses sans cesse rompues de sa mère, tout ce passé l'avait amenée à se jurer qu'elle agirait mieux pour son enfant. C'était le seul but qui eût un sens, quoi que pût dire Julian.

— J'aimerais être seule, dit-elle.

— Cassie…

Elle leva une main pour lui intimer le silence. Elle ne supporterait pas d'en entendre davantage. Tout n'était que trop clair. Elle gagna la porte et l'ouvrit.

— S'il te plaît, va-t'en.

Elle évita de le regarder dans les yeux lorsqu'il sortit.

Maria attendait son fils dans le hall. Il aimait sa mère, mais n'était guère d'humeur à bavarder.

— Tu nous as manqué au déjeuner, lui dit-elle. Nous n'avons pas réussi à te trouver, pas plus que Cassie.

— Désolé, maman. Je m'excuserai auprès des autres. Je suis sûr que l'excellente cuisine de Safina a compensé notre absence.

— Peu importe le repas. Nous étions inquiets. Est-ce que tout va bien ?

— J'ai du travail, maman, dit-il en essayant de gagner son bureau.

— Pas avant de m'avoir dit ce qui se passe. Pourquoi n'avez-vous pas participé au repas familial ? Et il m'a semblé apercevoir Carlos, tout à l'heure. Personne n'avait de ses nouvelles. Il va bien ?

Julian comprit qu'elle ne le laisserait pas en paix tant qu'elle n'aurait pas obtenu de réponse. Il l'engagea à le suivre dans son bureau, où ils s'assirent.

— Que se passe-t-il ? demanda-t-elle d'une voix pressante.

— Carlos est ici parce qu'il est le père de mon enfant.

La mine de Maria se modifia de façon spectaculaire.

— *Ay, Dios !* s'exclama-t-elle. Où est-il ? Il n'est pas trop vieux pour que je lui fasse la leçon !

Julian ne doutait pas une seconde que sa mère ne s'en priverait pas dès qu'elle aurait mis la main sur son neveu adoptif. Mais telle n'était pas la priorité.

— Le fait est qu'il a changé d'avis, dit-il.

— Comment ça ?

— Sur sa paternité. Il veut être un vrai père pour le bébé.

— Personne ne peut dénier au bébé un père prêt à s'impliquer dans sa vie. Mais tu as sûrement dit à Carlos qu'en ce qui concerne Cassie c'est chasse gardée. Elle est ta fiancée.

— Ce n'est pas aussi simple, *mamá*.

— Qu'es-tu en train de me dire, mon fils ? répliqua Maria en pinçant les lèvres – ce qui n'était pas bon signe.

Le silence de Julian ne fut que trop éloquent. Et la réaction de sa mère ne se fit pas attendre.

— Mais qu'as-tu donc dans la cervelle ? Tu épouses Cassie dans moins de deux jours !

— C'est compliqué, insista Julian, peu enclin à aborder l'affaire du mariage de convenance. Je pense qu'ils ont besoin de discuter, Carlos et elle.

Maria posa sur lui un regard sidéré.

— Et toi, tu as grand besoin que je te tire les oreilles !

— Carlos est le père du bébé.

— Et tu es l'homme qui aime Cassie.

Julian soupesa l'affirmation simple et nette de sa mère.

Il ne pouvait pas nier plus longtemps qu'elle était vraie. Cependant, elle ne modifiait pas la situation.

— Je vois, fit soudain Maria, le regard adouci. Il s'agit encore de Rosa. Tu veux savoir ce que Cassie fera.

Était-ce vrai ? Attendait-il que la jeune femme fasse ses preuves ? Il ne savait plus que penser.

— Il s'agit de ne pas commettre deux fois la même erreur, dit-il.

Mais cela sonnait creux. Il n'était sûr que d'une chose : sans Cassandra Wells, il serait perdu dans la vie. Il était inimaginable qu'elle ne fasse pas partie de son avenir.

Oh ! qu'avait-il fait ? Il aurait dû écouter son instinct et jeter Carlos dehors, sans se soucier du fait qu'il était le père du bébé. Il aurait dû insister pour réviser tout dispositif de garde *après* le mariage. Cela paraissait si clair, tout à coup. Il se serait volontiers giflé pour son aveuglement.

— Je suis triste d'avoir élevé un fils aussi stupide ! lança Maria en secouant la tête.

Il accusa le coup. Sa mère n'avait jamais mâché ses mots lorsqu'elle estimait que c'était important. Mais cela faisait mal. Car elle avait raison. Il s'était comporté comme un imbécile. Par orgueil.

— Rosa n'était pas du tout comme Cassie, *mi niño*. Elle n'aimait qu'elle-même. Cassie t'aime, et je sais que tu t'en rends compte au fond de ton cœur.

— Elle m'aime, tu crois ?

— Comment a-t-elle réagi au retour de Carlos ?

— Pas bien. Pas bien du tout.

— Alors, que fais-tu encore ici ? Nous avons un mariage à préparer, bon sang !

Là-dessus, Maria se leva d'un bond.

— Où vas-tu ? demanda Julian.

— Chercher mon neveu pour lui parler sérieusement. Et toi, va voir ta fiancée avant qu'il ne soit trop tard. Rosa t'a fait assez de mal comme ça, ne la laisse pas en rajouter. Tu feras un excellent père. Je le sais. Cassie le sait aussi.

Sa mère était une femme avisée et sage. Et jusqu'ici, elle s'était rarement trompée. Julian se leva pour l'embrasser sur la joue.

— *Gracias, mamá.*

— *De nada*, répondit-elle avec affection.

— Ne sois pas trop dure avec Carlos, lui dit-il. Il a passé deux semaines difficiles.

Cassie était partie, lorsque Julian entra dans sa suite. Ses affaires avaient disparu, et elle n'avait laissé derrière elle que la bague de fiançailles, placée sur la table basse dans son écrin de velours. Elle aurait pu l'emporter, si elle l'avait voulu. Mais elle ne voulait peut-être plus rien de lui, et il ne pouvait l'en blâmer.

Il se mit à arpenter la pièce, se demandant où elle avait pu aller. Quand il tenta de lui téléphoner, il tomba sur sa boîte vocale. Il lui laissa trois longs messages, saturant sa messagerie. Majorque était une grande île, elle avait pu aller n'importe où. Il était même possible qu'elle ait déniché une place d'avion à la dernière minute et soit en route pour les États-Unis. Il avait le cœur serré rien que d'y penser. S'il ne parvenait pas à la retrouver, il n'aurait à s'en prendre qu'à lui-même.

Maintenant qu'il avait enfin le courage d'admettre ce qu'elle était pour lui, il semblait qu'il soit trop tard, pensa-t-il, abattant son poing sur un meuble. Il avait tout gâché ! Comme un idiot, il avait laissé filer quelque chose de précieux et de rare parce qu'il avait eu peur. Il avait lui-même provoqué la chose qu'il redoutait le plus : la perte de la seule femme qu'il eût véritablement aimée.

Son mobile vibra dans sa poche à l'arrivée d'un message. Il se hâta de l'afficher. Il était de Cassie.

Je t'en prie, adresse mes excuses les plus sincères à tous ceux qui se sont déplacés pour assister au mariage. Je suis incapable de me prêter à cette cérémonie. J'ai envie de devenir ta femme, mais je ne suis pas prête à accepter une union de pacotille. Il me semble important de te l'avouer, à présent.

Je n'aurais jamais dû accepter ta proposition, Julian. Parce que je savais au fond de moi que même un mariage factice aurait eu plus de signification pour moi que pour toi.

Je n'ai jamais, jusqu'ici, manqué à une parole donnée, mais cette fois je n'ai vraiment pas d'autre choix que de me désengager.

Tu seras toujours dans mon cœur. Mais, pour le bien de mon enfant, et de moi-même, je dois aller de l'avant.

J'espère que tu comprendras.

Julian composa une réponse, et l'envoya. Puis il attendit fébrilement le bip d'un message entrant. Il patienta longtemps, fixant l'écran sans même avoir conscience du temps qui s'écoulait, avant de renoncer.

Il expédia son mobile contre le mur, si violemment qu'il en brisa l'écran. Oh ! il ne comprenait que trop bien l'étendue de sa stupidité, lui qui n'avait pas su voir ce qu'il avait sous le nez.

Dès que Carlos avait envisagé de demander une seconde chance à Cassie, il aurait dû le jeter dehors ! Il s'était raconté qu'il avait agi ainsi par décence, par noblesse. Mais il s'était menti. C'était la peur qui avait dicté sa réaction.

Et maintenant, il devait payer pour ça. Il avait eu la possibilité de connaître un bonheur authentique avec une femme qui l'aimait et un enfant qu'il aurait su chérir. Comme un imbécile, il s'était coupé de tout cela. Jamais il ne se le pardonnerait !

Il pouvait seulement espérer qu'un jour Cassie, elle, y parviendrait.

Cassie s'assura une fois de plus qu'elle avait tout ce qu'il fallait dans son sac avant d'afficher son billet électronique sur son mobile. L'embarquement n'allait pas tarder. Et elle s'apprêtait sans joie à une longue journée de voyage en avion. Elle avait le cœur gros, les yeux encore gonflés à force d'avoir pleuré. Elle en était venue à aimer cette île. Et même si elle avait su en arrivant ici, plusieurs semaines auparavant, que son séjour ne durerait pas, elle avait le sentiment de laisser derrière elle une part d'elle-même. Une part de son âme appartiendrait toujours à Majorque, et une part de son cœur à Julian.

Elle tenterait d'aller de l'avant, tout comme il le ferait sans doute. Une autre princesse, ou quelque top-modèle, était sans doute déjà sur les rangs. Elle en verrait la photo quelque jour dans un magazine, tout comme elle apprendrait le succès du Paraiso. Elle pourrait au moins dire qu'elle avait un peu participé à cette réussite…

Alors qu'elle traversait l'aérogare, elle perçut les effluves de l'eau de toilette qu'elle en était venue à associer à Julian. Voilà qu'elle avait des hallucinations sensorielles, maintenant ! Comme s'il ne suffisait pas qu'elle soit hantée par lui nuit et jour.

Si tout s'était déroulé comme prévu, dans quelques heures, elle se serait mariée. Au lieu de cela, elle allait prendre l'avion pour Boston après avoir passé un jour et demi dans un petit hôtel proche de l'aéroport.

Et voilà que cette fragrance la poursuivait ! Celle de Julian. De deux choses l'une : ou bien son imagination lui jouait des tours, ou bien un passager du salon d'attente portait la même eau de toilette que lui.

Quand une main se posa sur son épaule, elle ferma les yeux, puis se décida à se retourner. Son cœur fit un bond dans sa poitrine : Julian était bel et bien là, devant elle !

Il était décoiffé et débraillé, un pan de chemise sortant de sa ceinture, des boucles brunes retombant en désordre sur son front. Il n'était pas rasé.

Et il était d'une beauté renversante.

— *Hola.*

— Julian, que fais-tu ici ?

— À ton avis ? Je suis venu te ramener à la maison.

C'était absurde. Enceinte ou non, elle n'avait nul besoin qu'on la raccompagne à Boston. Ce serait une totale perte de temps pour lui, à moins qu'il n'eût quelque affaire à traiter là-bas – et à en juger par son allure, ce n'était pas le cas.

— Je peux me rendre à Boston sans chaperon, dit-elle. J'espère que tu n'as pas pris de billet.

Il la dévisagea.

— Qu'est-ce que tu racontes ? Je te ramène à la maison. Au Paraiso. Là où est ta place.

Elle eut comme un drôle de coup au cœur.

— On peut y aller, s'il te plaît ? insista Julian, allongeant la main vers son sac de voyage. Je suis ici depuis hier et j'aimerais bien prendre une douche.

Elle fut trop stupéfaite pour réagir. Il avait passé la nuit ici ? Il voulait la reconduire au Paraiso ?

— Julian, dis-moi ce qu'il y a. Pourquoi as-tu passé la nuit ici ?

Il leva les yeux au ciel.

— Parce qu'il y a plus d'un vol pour Boston, pardi ! Et je ne voulais pas te manquer.

Elle continua à le fixer, interdite.

— Parce que je t'aime, continua-t-il. Je crois bien t'avoir aimée dès le jour où tu as mis le feu à ta cuisine.

Bien malgré elle, Cassie était incapable de bouger, d'esquisser le moindre geste. On aurait dit qu'elle était sortie de son corps et regardait se dérouler cette scène. Mais une fois que les barrières qui endiguaient son émotion se seraient rompues, elle aurait du mal à la contenir. Elle n'en revenait pas : Julian lui disait qu'il l'aimait !

— Je n'avais pas prévu de faire ça ici. Dieu sait que tu mérites mieux, cette fois, mais tant pis…

Là-dessus, il mit un genou à terre devant elle. Plusieurs passants s'arrêtèrent pour les regarder. Cassie était toujours immobile, telle une statue de pierre. Et elle ne bougea toujours pas lorsque Julian tira de sa poche un petit objet et lui prit la main.

Ce n'était pas la bague qu'il avait achetée en coup de vent le jour de la visite au jardin botanique, mais un anneau tout simple, avec une pierre plus petite, de forme ovale.

— Elle a appartenu à ma grand-mère, dit-il, et j'aimerais que tu la portes quand tu seras ma femme.

Il la lui passa au doigt, et reprit :

— Cassie Wells, je t'en prie, dis-moi que tu me feras l'honneur de m'épouser.

Enfin, sans trop savoir comment, Cassie recouvra la voix.

— Oh ! Julian !

Et elle se pendit à son cou, humant sa senteur, savourant le contact de sa peau.

— C'est un oui ? lui demanda-t-il. On peut se marier aujourd'hui comme prévu, ou la semaine prochaine, ou dans un an, ou juste après la naissance du bébé. Cela m'est égal. C'est quand tu voudras, *bella*, lança-t-il en l'étreignant très fort. Dis-moi seulement oui.

— Oui ! *Sí !* s'écria-t-elle dans un grand rire joyeux.

Julian la souleva dans ses bras et la fit tournoyer tandis que des applaudissements éclataient autour d'eux. Elle sentit que le bébé donnait un coup de pied – comme si le petit bout de chou voulait lui aussi se joindre aux bravos.

# Épilogue

*Deux ans plus tard*

Cassie regarda Julian qui, presque plié en deux, faisait mine de rentrer dans la maison de poupée qu'il venait d'assembler pour Julia, leur petite fille. Il avait assisté à sa naissance, et l'avait légalement adoptée dès sa venue au monde. Julia Rafael Santigo était la petite chérie de son papa, et il avait choisi son deuxième prénom en hommage à son grand-père disparu.

Ses « tantes », qui travaillaient au Paraiso, et sa grand-mère maternelle étaient elles aussi folles d'elle. Et certaines clientes, déjà des habituées depuis dix-huit mois, étaient un peu ses marraines. Ses deux oncles rivalisaient pour la choyer à chacune de leurs visites.

Carlos, lui, était resté fidèle à sa parole d'être présent dans la vie de Julia. À sa manière. Il était venu pour son premier anniversaire, avait téléphoné une fois ou deux pour l'entendre gazouiller au bout du fil. Mais comme le disait le proverbe : « Chassez le naturel, il revient au galop. » Quelques mois après la naissance de Julia, il avait repris son existence de jet-setteur. Cependant, il envoyait régulièrement des jouets et autres petits cadeaux des divers coins du monde où il se trouvait.

Non sans surprise, Cassie avait reçu un mail de Zara, quelques semaines après que son amie, qui effectuait un reportage photo, était tombée sur Carlos au Portugal. Ils avaient eu, semblait-il, une vive altercation : Zara l'avait abordé pour lui dire sa façon de penser. Jamais elle ne pardonnerait à Carlos sa conduite lors de la grossesse.

Cassie avait tenté de faire valoir que tout s'était arrangé. Peine perdue. Zara continuait à s'indigner, en véritable amie dévouée.

Pour sa part, Cassie avait depuis longtemps pardonné à Carlos. Elle avait tout ce qu'elle pouvait désirer. Sa charmante et très remuante petite Julia était une fillette heureuse et en bonne santé. Son mari était un père aimant et dévoué, un partenaire tendre qui lui faisait battre le cœur dès qu'elle le voyait.

Elle avait cru qu'elle ne pourrait jamais être plus heureuse. Jusqu'au moment où elle s'était réveillée, l'autre jour, avec dans le ventre une sensation désormais familière. Un test avait confirmé ses soupçons. Mais elle n'avait pas encore partagé la nouvelle.

À présent, Julian admirait la maison de poupée enfin achevée. À sa grande déception, Julia s'était déjà désintéressée de la maisonnette et, de l'autre côté de la pièce, tapait dans un ballon de foot en mousse offert par un de ses oncles. Il vint s'asseoir sur le canapé, près de Cassie, avec un soupir résigné. Cassie, amusée par son air déçu, lui assura que la petite reviendrait bientôt jouer avec la maison de poupée.

— Je ne sais pas, *bella*. Elle s'est entichée de ce ballon depuis que Guillermo l'a apporté. Il veut en faire une footballeuse, comme lui.

Ils regardèrent Julia, qui levait le ballon au-dessus de sa tête puis le lançait en l'air.

— Elle promet de devenir un bon gardien de but, reprit Julian, de la fierté dans la voix.

Cassie, qui avait guetté l'occasion pour annoncer la nouvelle, estima, alors qu'ils étaient ensemble sur le canapé et regardaient leur petit bout de chou en train de jouer gaiement, que l'instant était parfait.

Elle s'appuya contre Julian, et nicha la tête au creux de son épaule.

— Alors, peut-être que le prochain bébé appréciera mieux la maison de poupée.

Julian se figea, bouche bée. Puis il la prit doucement par les épaules pour la faire pivoter face à lui.

— Le prochain bébé ? Tu veux dire que…

Cassie ne put s'empêcher de rire, tout en hochant la tête.

— Oui, c'est bien ça !

Sans crier gare, il se leva et la souleva dans ses bras, déversant un flot de paroles en espagnol qu'elle ne comprit pas toutes. Mais il était clair qu'il était fou de joie.

— Depuis quand le sais-tu ? demanda-t-il avec un large sourire lorsqu'il la reposa enfin sur le sol.

— Je viens de le découvrir.

— C'est sûr ? fit-il, comme s'il craignait que la nouvelle soit trop belle pour être vraie.

— Sûr et certain, confirma-t-elle en riant. J'ai rendez-vous à la clinique la semaine prochaine.

— Je vais modifier mon emploi du temps pour t'accompagner. Annuler mon déplacement à Barcelone. Comment te sens-tu ? Tu n'es pas fatiguée, au moins ? Tu n'as pas de malaise ?

— Je me sens merveilleusement bien, Julian. J'ai tout ce que je pourrais désirer.

Rien n'était plus vrai. Le destin lui avait donné une vie qu'elle n'aurait jamais osé espérer.

Il répondit par d'autres paroles en espagnol, qu'elle comprit parfaitement, cette fois.

*L'homme le plus heureux du monde…*

Cassie se pendit à son cou, et posa la bouche sur la sienne, en une réponse plus éloquente encore que les mots.

Retrouvez prochainement,
dans votre collection

# AZUR

**Trahie par son fiancé, de Chantelle Shaw - N°4455**
Alors qu'elle s'apprête à épouser Jace Zagorakis, un nabab plus beau qu'un dieu de l'Olympe, Eleanor découvre avec horreur que son fiancé n'est autre que l'ennemi de son grand-père. Loin de l'aimer, il ne cherche à travers leur mariage qu'à mettre la main sur le luxueux hôtel dont elle est l'héritière ! Dévastée, elle fuit cet homme qui l'a trahie, jusqu'à ce qu'il la retrouve un an plus tard pour la contraindre à tenir sa promesse : soit elle devient sa femme, soit il ruinera sa famille…

**Trop proche de lui, de Millie Adams - N°4456**
La vie est un jeu dangereux, la princesse Annick l'a appris à ses dépens. Alors qu'elle vient tout juste de recouvrer sa liberté, après des années de captivité, il lui faut monter sur le trône que ses ennemis convoitent. Traquée de toutes parts, elle demande son aide à Maximus King. Seul un homme de son étoffe pourra la protéger et lui permettre d'accomplir sa destinée en servant son peuple. Or celui-ci pose immédiatement ses conditions : il sera l'allié d'Annick, si elle fait de lui son roi…

**Le bébé de Sa Majesté, d'Annie West - N°4457**
Il suffit d'un regard pour qu'Aurélie succombe au charme du ténébreux Lucien. Et, bien qu'il lui affirme n'être que de passage dans la région, elle s'abandonne entre ses bras durant une nuit fabuleuse. Une nuit sans lendemain mais qui révèle bientôt ses conséquences… Lorsqu'elle se retrouve enceinte, Aurélie se met en quête de son amant et découvre avec consternation qu'il n'est autre que l'héritier de Vallort – un roi !

**Le baiser du prince, de Katrina Cudmore - N°4458**
« Je veux que tu sois ma femme… » Face à la proposition du prince Edwin, Kara reste sans voix. Certes, il ne s'agirait entre eux que d'une union de convenance permettant à son meilleur ami d'accéder au trône de Monrosa, pourtant elle redoute de compromettre ce lien unique qui les lie depuis l'adolescence. Incapable d'abandonner Edwin à son sort, Kara accepte d'être sa princesse. Or le baiser destiné à sceller leur accord la bouleverse soudain, quand de chaste il se fait brûlant…

**La douce morsure du désir,**
**de Jennifer Garland - N°4459**

Pour Emily, Sandlake Meadows est bien davantage qu'un domaine consacré à l'élevage de pur-sang. C'est son histoire, son héritage – toute sa vie ! Aussi, quand Mark Callaghan, un arrogant promoteur immobilier, lui propose d'acheter ses terres, est-elle sur la défensive. Comment pourrait-elle accepter que ces lieux chargés de souvenirs soient dénaturés à jamais par cet homme d'affaires puissant et sans scrupule ? Hélas, ce dernier se montre aussi persuasif qu'irrésistible. Et à mesure qu'ils se rapprochent tous les deux Emily craint de ne bientôt plus pouvoir résister au désir fou qu'il lui inspire…

**Son irrésistible patron espagnol,**
**de Susan Stephens - N°4460**

Grand, ténébreux et viril : Raffa Acosta est l'homme le plus sexy de la terre, selon Rose. Mais il est surtout son patron, elle ne doit pas l'oublier, même si ce soir tous deux dansent langoureusement à l'occasion d'un mariage. Dès demain, Raffa redeviendra le célèbre joueur de polo que tout le monde admire et elle, une simple palefrenière. Du moins le croit-elle, car il lui propose soudain de passer une semaine en tête à tête avec lui, sur son yacht…

**L'héritière d'une île grecque,**
**de Jennifer Faye - N°4461**

Les chanceux qui se disent oui sur l'île de l'Éternité resteront unis à jamais. La légende est si belle que les couples affluent du monde entier pour se marier là, dans cet endroit enchanteur dont Lea est l'héritière. Hélas, malgré tous ses efforts pour développer sa société d'organisation de mariages, Lea rencontre de grandes difficultés financières. Pas question pour autant d'accepter l'offre d'achat de Xander Marinakos qui ne voit dans ce lieu romantique qu'un moyen d'étendre son empire…

**La reine de Cyrano, de Marcella Bell - N°4462**

SÉRIE : *GARDE ROYALE* - 1/3

Enfin, Mina voit son rêve se réaliser : elle vient d'être nommée conseillère scientifique du souverain de Cyrano. Un grand honneur et l'occasion pour elle de servir son pays. Hélas, à peine a-t-elle le temps de se réjouir qu'elle est enlevée et conduite de force dans une chapelle où l'attend le roi Zayn lui-même. Celui-ci, qu'elle rencontre pour la première fois, a une révélation à lui faire : un accord a été conclu entre leurs pères respectifs il y a bien longtemps de cela et, s'il entend qu'elle joue un rôle auprès de lui, c'est en tant que son épouse et sa reine…

## Le rêve d'Izzy Stowe, de Cathy Williams - N°4463

SÉRIE : *LE MYSTÈRE DES STOWE* - 2/3

C'est le cœur brisé qu'Izzy Stowe se réfugie dans le ranch familial. Sous le soleil californien, elle espère panser ses blessures. Mais dès son arrivée elle se heurte à Gabriel Ricci, son irascible voisin. Alors qu'elle voudrait le détester, Izzy le découvre papa d'une adorable fillette dont il craint de perdre la garde s'il ne peut témoigner de sa stabilité. Un défi que Gabriel lui demande de relever avec lui, en se faisant passer pour sa fiancée…

## Dans le lit d'un milliardaire, de Louise Fuller - N°4464

De retour d'une exploration polaire, Arlo Milburn est heureux de rentrer à Hadfield Hall, son manoir isolé et tranquille. Or alors qu'il se croit seul il découvre une inconnue dans son lit ! Celle qui se présente sous le nom de Frankie est une amie de son frère, lui explique-t-elle, tout en éveillant chez lui méfiance… et désir. Bien qu'il veuille lui demander de partir, il ne peut s'y résoudre. Une tempête fait rage dehors, et Arlo n'a d'autre choix que d'offrir l'hospitalité à la belle intruse…

## La vengeance de Lazaro Herrera, de Jane Porter - N°4465

Lazaro Herrera ! En découvrant l'identité de son ravisseur, Zoé a le souffle coupé. L'homme qui l'a si honteusement kidnappée n'est autre que le beau-frère de sa sœur ! Dans son regard, elle lit une colère froide qui ne laisse pas l'ombre d'un doute : elle est l'instrument parfait de sa vengeance. En s'en prenant à elle, en effet, il ne manquera pas d'atteindre sa sœur et son mari, à qui il reproche d'avoir gâché sa vie. Face à cet homme si ténébreux, Zoé est démunie… mais aussi confuse. Car, lorsque Lazaro s'approche d'elle, l'alchimie qui opère entre eux se fait dangereusement tentatrice…